Arturo Padilla de Juan

La tempesta

Estrella Polar

Estrella Polar

Primera edició: maig del 2011
Vuitena edició: abril del 2019

www.estrellapolar.cat
info@estrellapolar.cat

Dipòsit legal: B. 14.140-2011
Imprès a Catalunya
ISBN: 978-84-9932-347-3

A Jordi Sierra i Fabra,
que ha obert les portes
del meu futur.

Pròleg

Cavava un forat profund. Cada vegada que clavava la pala a terra, hi descarregava tota la seva fúria.

Les llàgrimes li lliscaven pel rostre i li deixaven un regust salat als llavis.

Continuava cavant. S'hi trobava pedres i arrels, però no es donava per vençuda. L'empenyia una ferma determinació.

No podia oblidar el que havia passat. Tenia set anys, però n'havia estat plenament conscient. No ho podria perdonar mai.

Quan va considerar que el forat era prou profund, va agafar la capsa de fusta que havia portat. Va obrir-la per observar-ne el contingut una última vegada. L'odi li enfosquia les pupil·les.

La va llençar al forat i va tirar terra al damunt. No només enterrava una capsa, sinó també molts sentiments que havien mort. Tot havia canviat aquell estiu.

Després de tapar completament el forat, va trepitjar el terra deixant-se endur per la ràbia i el ressentiment.

En arribar a casa, va fer un mapa del parc que hi havia davant de casa seva. No volia oblidar on havia enterrat la capsa. La desenterraria quan arribés el moment, si és que mai arribava. Va dibuixar la porta principal del parc, una casa amb flors, una presó i una hamburguesa. Tot seguit, va fer una línia vermella que passava per tots aquests punts fins a arribar a l'hamburguesa. Allà, hi va fer la creu.

Abans d'acabar, va cremar les cantonades del full amb un encenedor perquè semblés un mapa antic. La flama es va reflectir en els seus ulls brillants i vidriosos.

—No la desenterraré mai! —va decidir.

1

—Nahara! No m'agrada com vas vestida!

—Doncs a mi sí.

—Amb aquesta faldilla tan curta sembles una dona de carrer i la samarreta té un escot massa provocatiu. Et recordo que només tens quinze anys.

—Tothom va així. Tu no hi entens, de roba.

—M'és igual. Has de vestir de manera decent pel barri. Vull que et canviïs.

—No tinc temps. He quedat amb la colla i faig tard.

—Doncs que esperin, no et deixo sortir així —va reiterar la Isabel.

—Però què dius, flipada? —va fer, revoltada.

—No em parlis com si fos qualsevol amiga teva —li va cridar, alterada—. Sóc la teva mare i mentre visquis aquí m'hauràs d'obeir. Si no, ja saps on és la porta!

La Nahara li va descarregar una mirada elèctrica.

—Si estàs amargada no és culpa meva, però no m'has d'amargar a mi també.

Va agafar la bossa d'una revolada i va obrir la porta de casa.

—Nahara!

—Deixa'm en pau, bruixa! —va contestar tancant la porta de cop.

Va baixar les escales ràpidament. La Isabel la cridava per l'intèrfon del portal, però ella no es va immutar.

La Nahara tenia un caràcter fort i agressiu. Tenia les idees molt clares i una gran resolució per dur-les a terme. Era decidida, impetuosa i independent, però alhora sociable i espontània, de manera que s'havia fet força popular a l'institut. De vegades, tendia a tergiversar la realitat i explicar-la des d'una perspectiva tan distorsionada que arribava a creure's les seves pròpies mentides.

Va creuar el carrer. Les rajoles de la vorera eren molles perquè havia plogut feia poc. Va caminar uns cinc minuts fins a arribar al portal de la Sílvia, la seva millor amiga.

Quan l'ascensor va deixar-la al tercer pis, l'amiga ja l'estava esperant al llindar de la porta.

La Sílvia era una noia molt diferent d'ella, responsable, prudent i madura, l'amiga que tothom voldria tenir, ja que sabia donar bons consells i valorava molt l'amistat.

—Què tens?

—Sílvia, em puc quedar a dormir a casa teva?

La noia va convidar-la a passar i totes dues van entrar a l'habitació. La Nahara tenia el rostre rígid i els ulls foscos, profunds.

—Au va, explica'm què ha passat.

Ella es va quedar en silenci, tot construint un mur invisible al seu voltant. Tot i així, la Sílvia sabia per quines escletxes endinsar-s'hi.

—Problemes amb la teva mare, oi?

—Sí, m'ha fet fora de casa.

La Sílvia la mirava directament als ulls i la Nahara va desviar-li la mirada de seguida.

—Tia, que ens coneixem. Digue'm la veritat.

L'astúcia de la Sílvia va enderrocar el mur de silenci que s'havia construït.

—Tia, no la suporto —li va confessar—. M'ho controla tot: el que faig, el que em poso... Sap que no suporto que em vigili tant, però em diu que l'he d'obeir mentre visqui amb ella i que si no, ja sé on és el carrer. Per a mi és com si m'estigués fent fora.

—No exageris...

—Sílvia! De vegades penso que no m'entens! La meva mare s'ha cansat de mi.

—Au va! No diguis ximpleries. Segur que vol que dormis a casa. Tu ets tot el que li queda. Vinga, no hi pensis tant i anem a la plaça.

—Potser tens raó —va resoldre amb un sospir.

A la plaça hi havia l'Esther i la Montse amb la resta de la colla. Totes quatre eren les més populars de quart. Sempre se'ls afegien altres grups de l'institut i arribaven a ser una colla de més de vint persones. Tots plegats passaven les tardes asseguts als bancs, tot xerrant i menjant pipes fins a l'hora de sopar.

El cel es tenyia de tons grocs i vermellosos. Hi havia petits bassals d'aigua a la plaça que reflectien els colors d'un sol que es resistia a morir.

La Nahara s'havia acomiadat de la colla i bevia aigua d'una font de la plaça. Aleshores, algú que passava a prop va trepitjar un bassal d'aigua i la va esquitxar. La Nahara va incorporar-se furiosa i va observar com la Pitó s'allunyava amb un somriure estúpid, seguida de les seves amigues incondicionals, les dues Mosques Vironeres. Li hauria agradat insultar-la fins a quedar afònica, però va evitar cridar l'atenció.

«Aquesta harpia no sap amb qui està jugant», va pensar, irritada.

La Pitó era arrogant i maquinadora. La corroïa d'enveja que la Nahara fos tan popular i subtilment intentava ridiculitzar-la. Sabia mostrar, no obstant això, una cara simpàtica davant dels seus companys i s'havia fet molt coneguda a l'institut, tot i que sempre havia estat a l'ombra de la Nahara. Ella l'anomenava «la Pitó» perquè era llesta, subtil i perillosa com una serp.

La Isabel era a la cuina pelant patates. El disgust se li marcava a la cara. En arribar la Nahara, va contemplar-la a través d'unes ulleres esquitxades de llàgrimes resseques. Tenia la cara pàl·lida i demacrada, xuclada per una gran aflicció interna.

La Nahara no sentia cap mena de compassió. Considerava que tot l'afectava massa i que estava frustrada perquè la seva vida girava entorn de la llar, sense trobar sentit en res més. Vivia tancada en una bombolla que li impedia relacionar-se amb altres persones i per això només sortia de casa per treballar i comprar.

—Avui no soparé —va anunciar mentre anava a la seva habitació.

La Isabel va sospirar sabent que hauria de mantenir una nova lluita.

—Nahara, has de sopar com sempre —va voler raonar en sortir de la cuina—. No em facis tenir un altre disgust.

—No tinc gana.

—Fes un esforç. Hi ha molts nens al món que es moren de gana i tu ni tan sols saps apreciar el que tens.

—He dit que no! —va cridar—. Ets sorda o què?

—Nahara, sisplau! Últimament menges poc i t'estàs aprimant.

—Què passa, em tens enveja i vols fer-me engreixar?

—Com vols que et tingui enveja? —va reaccionar, trasbalsada.

—Tens enveja perquè no ets jove i vols que m'engreixi perquè acabi com una vaca.

La Isabel no se'n sabia avenir.

—No diguis ximpleries.

—Ets una egoista!

I va tancar la porta de l'habitació fent trontollar les parets.

La Isabel es va haver d'apartar per no rebre un cop. Se sentia el batec del cor accelerat enmig del silenci del passadís. Va pensar a obrir la porta, però la mà li tremolava fins i tot abans de posar-la a la maneta. Era millor deixar la seva filla en pau. Estava massa alterada i els veïns ja devien estar farts dels seus crits.

Es va quedar dreta mirant la porta.

Una altra batalla perduda. A cada nova discussió percebia que la seva vitalitat disminuïa i que un sentiment de depressió amenaçava la seva fràgil serenitat.

La Nahara, a l'altra banda de la porta, se sentia angoixada. No podia parlar amb la mare perquè de seguida es posava histèrica. Si el pare fos amb elles podria estabilitzar aquests desequilibris i potser l'ambient familiar hauria estat més relaxat. O potser no. Perquè una cosa continuaria igual: odiava la seva mare.

Va obrir el calaix de la tauleta de nit i va agafar una fotografia estripada que hi havia damunt d'unes revistes. L'havia contemplada milers de vegades. Un cop més, els seus dits van acariciar les dues cares somrients.

S'encenia d'odi cap a la seva mare. No la perdonaria mai. Quan de vegades se sentia culpable per com la tractava, mirava la fotografia i s'esvaïa qualsevol sentiment de compassió.

Es va posar el pijama i se'n va anar al llit. Després d'apagar el llum, en el silenci de la nit, va sentir els plors de la seva mare al menjador.

2

Passaven dos minuts de les vuit i caminava tranquil·lament per l'avinguda principal del poble, tot i que feia tard. No valia la pena anar a corre-cuita només per arribar un parell de minuts abans a l'institut.

La boira envaïa l'avinguda i en difuminava el final. Vivia a Vilaroca, un poble barceloní envoltat de muntanyes que rebia a primeres hores del matí l'assetjament fantasmal de la boira. Era principi d'octubre i el sol cada vegada sortia més tard, i permetia que la fredor de la tardor s'anés infiltrant al poble.

Quan va arribar a l'entrada de l'institut, havien començat les classes i els patis estaven deserts i silenciosos. Semblava que la boira s'encarregués d'asfixiar i fer desaparèixer tothom. Sort que la conserge continuava a la porta, esperant-la.

—Bon dia, Nahara.

—Bon dia.

—Afanya't, que passen deu minuts.

La conversa quedava suspesa a l'aire en bafarades calentes. La conserge sempre li deia el mateix, però mai no tancava la porta fins que ella no entrava.

Va arribar a l'aula. Els seus companys li havien deixat la porta entreoberta perquè no fes soroll en entrar.

A través de l'escletxa, observà el professor de llengua

escrivint a la pissarra. Si entrava ara, la veuria i l'esbroncaria. Per això, va empènyer la porta lleugerament perquè grinyolés i el soroll va avisar els seus companys que havia arribat.

—Josep, obro la finestra —va reaccionar l'Ahmed, que es va aixecar de la cadira i es va dirigir cap a una finestra oposada a la porta.

En Josep va parar d'escriure, alarmat.

—Però ets boig o què? —li va cridar—. Com vols obrir amb el fred que fa a fora?

—És que m'estic marejant i necessito aire.

La Nahara aprofità que el professor estava distret per entrar silenciosament a classe i seure al seu lloc. La Pitó va tossir expressament per avisar en Josep, però ell continuava observant, incrèdul, l'Ahmed.

El noi, que havia vist la Nahara de reüll, va decidir posar fi a la comèdia.

—Però tens raó, fa molt de fred.

Tota la classe rigué i en Josep es quedà força atordit. Era un home molt despistat que vivia en una altra esfera i que no s'adonava del que passava a l'aula.

La Nahara va somriure a l'Ahmed donant-li les gràcies i ell la va correspondre amb un altre somriure de complicitat.

L'Ahmed era un noi marroquí de setze anys molt espavilat, obert i eixerit. Havia arribat al país feia uns mesos i s'havia posat a treballar al camp per ajudar la seva família, però un amic l'havia convençut perquè es matriculés a l'institut i acabés els estudis obligatoris per poder aspirar a una feina millor. El noi aprenia ràpidament i s'havia integrat molt bé a la classe. La Nahara li tenia un afecte especial i s'hi compenetrava molt bé.

El professor va començar a explicar la literatura del segle XVI i el seu parlar lent i avorrit va fer que mitja classe s'endormisqués.

—Sílvia, juguem a la paella? —li xiuxiuejà la Nahara.

La seva amiga seia al seu costat.

—Ara?

—Sí. O vols que ens tallem les venes de l'avorriment?

El joc ja estava preparat de dies anteriors. Cadascú a la classe tenia assignat un ingredient de la paella i, quan algú esmentava aquell ingredient, l'al·ludit s'havia d'aixecar. Era força divertit, perquè el professor es desconcentrava i havia d'interrompre contínuament la classe. I quan algú cridava la paraula «paella», tothom s'havia d'aixecar alhora. Òbviament, el joc deixava trastocats els professors i molts acabaven marxant de l'aula, incapaços de continuar la lliçó.

—Vés-ho escampant, Sílvia.

La classe va convertir-se en una olla de grills. La proposta es transmeté de taula en taula amb bona acollida i tots els companys van estar a l'aguait per començar el joc.

La Nahara inicià la gresca.

—Musclo!

L'Ahmed s'aixecà i tornà a seure. El professor se'l va quedar mirant amb cara d'incomprensió.

—Què et passa, Ahmed? Tornes a tenir fred?

—Pollastre!

La Nahara s'aixecà d'un bot i es va tornar a asseure.

—I tu, què tens, noia?

—Gamba!

Un altre s'aixecà i va tornar a seure de seguida.

—Es pot saber què passa? —preguntà en Josep, suant—. Si heu d'anar al lavabo, demaneu-m'ho.

—Calamar!

El professor contemplava neguitós com els seus alumnes s'aixecaven sobtadament com enrampats, sense ordre ni lògica. A més, anava sentint paraules com ara «escopinyes», «pèsols», «sèpia»... No entenia el mecanisme d'aquell joc i es va desconcentrar en presenciar tant de batibull.

—Voleu estar-vos quiets? —cridà atabalat.

La Nahara i l'Ahmed es va mirar amb una brillantor maliciosa als ulls i es van llegir el pensament.

—Paella! —van fer tots dos alhora.

L'aula va retronar. Tothom va aixecar-se immediatament com un exèrcit preparat per lluitar i el professor va agafar un atac d'ansietat. Gairebé no podia respirar i es va quedar blanc com un mort.

—Això no em pot estar passant a mi —deia mentre es ventava amb un dossier—. M'ha de tocar una mica l'aire.

Va marxar de l'aula a pas lleuger i suportant el pes de la impotència.

Quan va desaparèixer, la classe va esclatar en crits d'alegria. Tots junts eren una pinya, el terror dels professors.

Com que quedaven vint minuts per a l'assignatura següent, van reunir-se en grupets per xerrar o escoltar música.

—Sílvia, fem un tomb per l'institut —li va proposar la Nahara.

—Vinga, va.

—Ei, quedeu-vos —els va demanar l'Oriol—. Ara ballarem *break* i vull dedicar-te el ball, Nahara.

—Millor que em dediquis cartes d'amor —li va contestar, sarcàstica.

L'Oriol va fer un somriure de circumstàncies. Era el guapo de la classe, el noi desitjat per totes les noies de l'institut. Moltes quedaven embadalides en veure'l passar i competien per atreure la seva atenció. A ell li agradava coquetejar amb totes, però se sentia especialment atret per la Nahara, l'única que no li mostrava cap mena d'interès.

Ell i els seus amics eren *breakers* i tota la classe s'amuntegava al seu voltant per veure'ls ballar quan no hi havia professor.

—Tia, controla't una mica.

—Amb l'Uri?

Totes dues voltaven pels passadissos del centre.

—Sí, amb l'Uri. Sembla que et molesti.

—Li cal un tall de tant en tant —assegurà amb el cap ben alt—. És un cregut.

Passaven per la classe de l'Esther i la Montse i van aturar-se per saludar-les a través del vidre. Després, van visitar amics d'altres cursos que estaven fent classe amb la porta oberta. La Nahara coneixia gairebé mig institut i s'havia guanyat l'admiració i la simpatia de molts.

Quan va sonar el timbre, van tornar a l'aula.

Les dues classes següents van fer-se eternes i, quan va arribar l'hora del pati, tots van sortir a la desbandada. La Nahara, la Sílvia, l'Esther i la Montse van asseure's en un banc i de seguida els companys van envoltar-les. La Nahara tenia un magnetisme que atreia a tothom. S'havia convertit en reina sobirana de l'institut, els seus desigs sempre es complien i tenia coneixement de tot el que passava al pati. Se sentia segura i confiava plenament en el suport dels seus companys.

Tocava anglès amb la Neuròtica. L'anomenaven així perquè era una professora molt impertinent i un feix de nervis, que volia silenci absolut i els renyava per qualsevol cosa.

—Ei, fem una competició de canons amb la Neuròtica? —proposà la Nahara als seus companys—. Mai no mira enrere.

—Avui estàs imparable, Nahara!

Tothom va estar-hi d'acord i ella va dibuixar una gran diana a la pissarra. La competició consistia a utilitzar els tubs dels bolígrafs com a canons i bufar boletes de paper ensalivades per encertar el centre de la diana.

Quan la Nahara va haver acabat de dibuixar-la, tots van seure expectants i van esperar l'arribada de la professora.

—*Hello! Open your books* —ordenà només d'entrar—. *We're going to check the exercises.*

No va mirar la pissarra. Simplement, va obrir el llibre i va començar a dictar una ràfega de respostes. Sempre anava accelerada i es movia nerviosa, com si necessités anar al lavabo amb urgència.

L'Ahmed i la Nahara van aprofitar que estava distreta per inaugurar el joc. Van bufar els seus canons i les boletes ensalivades es van enganxar a la pissarra. Aviat els seus companys s'animaren i en pocs minuts l'aire es col·lapsà de petits projectils. Alguns tenien tanta potència i precisió, que la competició va ser molt disputada. La Neuròtica, mentre corregia els exercicis, aixecava el cap de tant en tant, però tothom amagava els tubs i mirava cap al llibre.

Tot i així, la professora, finalment, va adonar-se del que passava.

—Es pot saber què és això? —cridà assenyalant la pissarra—. Sembleu nens de pàrvuls.

Els seus crits perforaven les orelles i deixaven els cossos garratibats.

—De qui ha estat la idea?

Tots van abaixar el cap. No volien mirar la Nahara per no delatar-la, però tampoc no volien mirar la Neuròtica, que tenia els ulls envermellits i una vena al coll a punt d'explotar.

—Si no surt el culpable, tindreu una amonestació tots i cadascun de vosaltres —avisà.

La tensió s'anava condensant i absorbia tot l'aire. Els alumnes no s'atrevien a respirar i els batecs dels cors ressonaven en un ambient tibant.

—He estat jo —anuncià la Nahara amb valor.

La Neuròtica l'observà rabiosa, com si fos un enemic perillós que li declarava la guerra.

—Fora de classe ara mateix! —vociferà amb una potència capaç de trencar els vidres—. Estàs expulsada de l'institut!

—Ei, tranquil·la, no estic sorda —li contestà aixecant-se serenament i sortint de classe.

Els companys la van observar admirats pel seu valor i autocontrol.

—Si la Nahara se'n va, jo també —va anunciar la Sílvia posant-se dreta.

—I jo —declarà l'Ahmed—. Tots som igual de culpables.

La Neuròtica va parpellejar, atònita.

—És injust que ho pagui tot ella —digué l'Oriol alçant-se—. Jo també me'n vaig.

—Silenci! —cridà la professora davant aquella sobtada insurrecció.

Va fer-se un silenci impregnat de vindicacions. La professora observà els alumnes, insegura de pronunciar les paraules que tenia en ment, però finalment va dir:

—Tothom qui marxi amb la Nahara tindrà una amonestació i serà expulsat temporalment de l'institut —avisà amb duresa—. Ara, que surtin tots aquells que la recolzen.

La Sílvia va ser la primera a sortir, decidida. L'Ahmed va seguir-la sense pensar-s'ho.

—Molt bé. Continuem la classe —va prosseguir, més calmada.

L'Oriol la va interrompre i també va sortir. Un amic seu, en veure'l, va fer el mateix. I després un altre.

La Neuròtica mirava amb duresa tots els que marxaven. Li xerricaven les dents de ràbia.

Cada cop més i més companys s'anaven aixecant i buidant la classe en solidaritat amb la Nahara.

La professora no s'hauria imaginat mai aquell suport massiu. En tots els anys de professió no s'havia trobat mai en una situació com aquella. Òbviament, li era impossible expulsar una classe sencera.

Al final, només van quedar-hi la Pitó i les Vironeres, que feien cara d'aparent indiferència.

A fora, la Nahara era victorejada pels amics. Consolidava la seva popularitat i enfortia els llaços d'amistat amb els seus companys.

La Neuròtica va observar les tres noies que encara quedaven a l'aula. S'havien estirat, ben còmodament, a la cadira; per tant, era evident que no tenien intenció de marxar, però la seva postura indicava que tampoc de fer classe.

—Ja n'hi ha prou per avui —va decidir. I va tancar el llibre.

3

Aquell dia tenien festa a l'institut. Volia aprofitar-lo per dormir, però de bon matí el telèfon la va despertar. Va escoltar com la mare parlava amb algú. Encuriosida, va sortir de l'habitació.

—Era la tieta Clàudia —li va explicar la Isabel després de penjar—. Diu que ha de treballar i que no pot deixar en Sergi tot sol a casa, així que vindrà d'aquí a uns minuts. Jo no puc encarregar-me'n perquè he d'anar a l'oficina. Hauràs de cuidar-lo tu aquest matí.

—Quin pal! Que es quedi a casa!

—Nahara, el teu cosí té sis anys i és massa petit. A més, tu no tens res a fer.

Discutir no servia de res, el seu cosí vindria de totes maneres. Així doncs, va anar al lavabo a rentar-se i pentinar-se una mica i després es va tancar a l'habitació.

Quan va sortir, en Sergi ja havia arribat. Era un nen força entremaliat, despert i eixerit. Sempre tenia una resposta per a tot i les seves reaccions eren imprevisibles. De vegades podia ser un marrec molt repel·lent i capaç de ridiculitzar qualsevol.

—Hola Sergi! —el saludà amb un somriure forçat.

El nen la mirà amb ulls de mussol.

—Tens molts grans a la cara.

Li hauria agradat estrangular-lo. Simplement.

—I tu tens cara de mico.

—Els micos són graciosos, però els grans fan fàstic.

Quin nen més desesperant! Li venien ganes de ficar-lo dintre d'un sac i llançar-lo per la finestra.

—Bé, nois. Jo me n'he d'anar a la feina —els va dir la mare sortint de la cuina i agafant les claus—. Nahara, filla, prepara l'esmorzar a en Sergi.

—Entesos.

—Si tens cap problema, el telèfon de l'oficina és a l'agenda, d'acord?

—D'acord.

—Si surtiu a fer un tomb, aneu amb compte amb la carretera.

—Ja ho sé! —s'exasperà—. Tu no estàs bé del cap. Et porto a l'asil?

—Per què dius això?

—Perquè em tractes com si fos una nena petita! No et suporto!

En Sergi les contemplava bocabadat i la Isabel va preferir callar per no fer un escàndol. No es podia creure que la Nahara li contestés d'aquella manera davant del seu nebot! Cada cop es reprimia menys.

—Adéu —s'acomiadà, amb el rostre desfet.

Va fer un petó a en Sergi i va obrir la porta amb els ànims per terra.

—No li fas un altre petó a la Nahara? —preguntà el nen amb innocència.

Totes dues es va mirar incòmodes, sense saber què respondre. Feia vuit anys que no es feien cap petó.

La Nahara s'havia tornat una fera indomable, esquerpa i aspra amb la seva mare. Havia crescut sense experimentar la tendresa d'un petó seu, la suavitat d'una carícia o la calidesa d'una abraçada. Mai no havia volgut el seu afecte, no el considerava sincer.

—Nosaltres no ens fem petons —improvisà la Nahara—. Això són coses de nens petits.

—No és veritat! Tothom es fa petons quan s'estima —argumentà el nen.

Mare i filla se sentien incòmodes.

—Jo sí que m'estimo la Nahara —declarà la mare amb una veu suau i dolça.

Va apropar-se a ella lentament i li va fer un petó a la galta. La Nahara va sentir un formigueig que va fer aflorar milions de sensacions instantàniament, sensacions que es van marcir al cap de poc.

Estava força desconcertada i gairebé no va reaccionar. Quan va recuperar les facultats, la seva mare tancava la porta.

—Per què crides a la tieta? —li preguntà en Sergi quan van estar sols.

—Què dius?

—Que per què li crides —reiterà—. Li has dit que la portaries a l'asil i que no la suportaves. Això no està bé.

El retret del seu cosí era contundent.

—Li parlo així perquè es pensa que sóc una nena petita.

—I per això li dius coses dolentes? —exclamà, enfadat—. La meva mare també em tracta com si fos un nen petit, i jo sóc mitjà, però no li crido per això.

—Però la tieta no entén res si no li crides.

—És mentida. Si li parles bé, ho entén tot.

Calien nervis d'acer i una vintena de til·les per parlar amb aquell nen, sabia raonar massa bé.

—La meva mare diu que els nens que insulten no saben parlar.

—Jo l'hi dic de broma, Sergi.

—Però aquestes bromes no pots fer-les a la teva mare.

Estava al límit de la desesperació. Un nen de sis anys li estava dient com s'havia de comportar.

—Escolta, Sergi, deixem el tema. —I li va proposar:— Vés al parc i deixa'm en pau, entesos?

—No vull anar al parc, vull tocar la flauta.

El nen va obrir una motxilla petita, en va treure una flauta i va començar a tocar-la efusivament, com si de sobte li hagués vingut la inspiració.

Quin horror! El marrec desafinava cada nota i s'inventava la meitat de la cançó. Escoltar aquell suplici era pitjor que posar l'orella a l'hèlix d'un avió.

—Sergi! Para d'una vegada! —li va ordenar.

En Sergi no li va fer cas i va córrer per tota la casa. La Nahara el va perseguir, consumint la seva paciència, fins que va trobar-lo a l'habitació.

Li va treure la flauta d'una revolada i va amagar-la al menjador.

En tornar, en Sergi ja li estava obrint els calaixos de la tauleta de nit.

—Es pot saber què fas?

—Per què està estripada? —va preguntar, agafant la fotografia del primer calaix.

La Nahara va empal·lidir.

—Dóna-me-la ara mateix! —li bramà.

—Aquesta ets tu?

—No, no sóc jo —contestà prenent-l'hi.

—No m'enganyes. Aquesta nena ets tu!

Havia perdut la poca paciència que li quedava.

—Estàs mort si tornes a agafar el que no és teu! —l'amenaçà mentre li clavava un clatellot.

En Sergi va començar a plorar i a clavar coces. Era insuportable. Tenia la cara plena de llàgrimes i mocs. I continuava plorant. La Nahara va pensar que arribaria un punt en què es deshidrataria. Al final tot era teatre, l'únic que volia era cridar l'atenció.

Va encendre la televisió i va comprovar que el seu cosí es quedava hipnotitzat davant la pantalla, ni parpellejava. La televisió era un gran invent. Era capaç d'absorbir la seva hiperactivitat i d'aïllar-lo del món real. El podia mantenir així fins que arribés la tieta Clàudia.

El nen va estar-se quatre hores seguides mirant els dibuixos, la publicitat i, fins i tot, un documental de Sibèria.

Quan la Clàudia va arribar amb presses, va saludar la seva neboda i li va agrair que hagués cuidat en Sergi.

—Vinga fill, marxem!

El nen continuava abstret al sofà, sense distingir si la veu provenia del món real o de la pantalla.

—Sergi, rei, hem de dinar.

Ell començà a girar el cap, però l'atracció dels dibuixos era més forta i no podia deixar de mirar-la.

—Sergi!

—Mira que ets pesada! No et suporto! —li cridà atabalat.

La tieta Clàudia es quedà amb els ulls ben oberts.

—Quines maneres són aquestes de parlar a una mare? —el va reprendre sense avenir-se'n.

Ell va esbufegar.

—Mama, t'hauré de portar a l'asil —va deixar-li anar.

Estava estupefacta. Immediatament es va dirigir cap al seu fill molt empipada i va donar-li un parell d'assots al cul.

—D'on deu haver tret el malcriat aquestes coses? —s'indignà adreçant-se a la Nahara—. A tu et sembla normal?

En Sergi la mirava enfadat.

—Aquest nen hauria de tenir la boca tancadeta, oi que sí? —va suggerir, acariciant-li els cabells.

El nen volia queixar-se, però la Nahara li va pessigar l'orella; era una advertència.

Tots dos es van entendre.

S'acomiadà d'ells des de la porta. En Sergi arrufava el nas, descontent, i va entrar a l'ascensor amb una mirada que prometia venjança.

La Nahara li va dedicar un somriure i va dir-li adéu amb la mà, encantadora.

4

Feia una hora que viatjaven amb l'autocar, ja devia quedar ben poc per arribar a Tarragona. Visitaven aquesta ciutat gairebé cada curs i els professors mai no canviaven d'itinerari per no complicar-se la vida.

La Nahara seia amb la Sílvia i totes dues escoltaven música dels mateixos auriculars. Durant el trajecte observava a través de la finestra el cel ennuvolat, que tard o d'hora abocaria l'aigua que acumulava a les alçades. Els dies de pluja no li agradaven. Es tornava una noia grisa i absent, a més d'imprevisible i agressiva. La pluja li inspirava temor, la paralitzava, la dominava i la tornava freda i tallant.

L'autobús es va aturar en un petit solar i els alumnes van baixar per observar l'aqüeducte que havia abastit d'aigua la ciutat de Tàrraco. Quan van reprendre la marxa, van poder contemplar, al marge esquerre de la carretera, l'arc de Berà, que, malgrat el pas dels segles, s'erigia triomfant sobre l'empedrat de la via Augusta.

En arribar a la ciutat, els professors els van deixar mitja hora lliure per esmorzar en un parc. La Nahara, la Sílvia, l'Esther i la Montse es van asseure en un banc. Totes quatre xerraven animadament quan l'Oriol s'hi va acostar.

—Hola noies, a qui esteu criticant?

—I per què hem d'estar criticant algú? —va saltar la Nahara.

—És l'únic que sabeu fer, vosaltres, quan teniu temps lliure.

—Ah! Perdona que me n'hagi oblidat —es disculpà amb ironia—. Doncs, ves per on, estàvem criticant els paios curtets que pensen que les ties només sabem criticar.

—Encara en queden, d'aquests tios? —va exclamar, divertit—. Per cert, Nahara, podries gravar-me un vídeo amb els meus col·legues ballant *break*? Vull dedicar-te el ball.

—Ara em fa pal moure'm. Deu haver-hi moltes noies que es barallarien per gravar els teus múscul s, però jo no.

—Ho podré superar, no pateixis.

—Pensa que et costarà.

A l'Oriol li agradaven aquestes picabaralles, encara que la Nahara sempre acabés dient l'última paraula. Tenia resposta per a tot.

—I ara, si ens disculpes, hem de continuar criticant.

La Sílvia, l'Esther i la Montse no van poder amagar un somriure. L'Oriol va arronsar-se d'espatlles.

—Us deixo, doncs, perquè deveu estar molt enfeinades. Quan em toqui el torn, tingueu pietat de mi.

Quan ja se n'anava, la Sílvia, l'Esther i la Montse van acostar-se a ella.

—Tia, l'acabes de deixar amb un pam de nas —va comentar la Sílvia.

—Ets l'enveja de tot l'institut i el ridiculitzes amb una facilitat... —opinà la Montse.

—És un cregut i jo li baixo els fums.

—Però t'agrada, eh! —la va pessigar l'Esther.

—El suporto —va dir amb indiferència—. I no comencem amb el tema, Esther.

Van sentir un riure involuntari darrere seu i totes quatre es van girar i van interrogar en Marc amb la mirada. Les havia estat escoltant darrere d'un arbre i no s'havia pogut contenir més.

La Nahara va rebufar. En Marc. Havia de ser en Marc, el noi més tafaner de l'institut. Es coneixien des de ben petits i tota la vida havia estat el seu etern enamorat. Ella li havia deixat ben clar que no volia res amb ell, però el noi no perdia l'esperança. La perseguia pertot arreu, escoltava les seves converses, li trucava amb qualsevol excusa... A més, intentava fer-se el graciós, però només aconseguia que ella li tingués més mania. I per acabar-ho d'adobar, era despreocupat, imprudent i força infantil. No tenia veritables amics i anava amb els populars de la classe per fer-se l'important, encara que ells el tractaven com un paràsit a qui podien insultar lliurement.

—Es pot saber què fas escoltant les nostres converses? —l'esbroncà la Nahara sulfurada—. T'arrencaria les orelles.

—Ei, tranquil·la, fera. Sé que m'estàs esperant —la provocà.

La Nahara s'aixecà molt decidida i li clavà el genoll a l'entrecuix. En Marc es va encongir una mica, però no va perdre les formes.

—Anem massa ràpid, no et sembla? Necessito el meu temps.

—Vés-te'n a la merda, imbècil.

—Continua afalagant-me. Les teves paraules són sospirs d'amor per a mi.

—Tio, moriràs aviat si continues així.

Instants després, els professors van reunir les dues classes per començar la visita guiada a Tàrraco.

Una noia jove i simpàtica es va presentar davant de tothom i els va informar que seria la guia. Sense perdre més temps, els va conduir per una de les portes principals de la muralla i van visitar les restes romanes de la ciutat fortificada. Tàrraco havia estat una de les ciutats més importants de la Península dos mil anys enrere i els seus vestigis encara donaven testimoni de la majestuositat que havia assolit. De tant en tant, la guia s'aturava per explicar l'itinerari mentre els alumnes l'envoltaven com un grapat de gats.

—En aquest carrer hi havia les domus on vivia cada família. El cap de família tenia molta autoritat —explicà la noia—. Per exemple, era ell qui decidia si un nen acabat de néixer viuria o moriria. Si no el reconeixia, era abandonat a la seva sort.

—Això és una crueltat —opinà la Nahara—. Un pare no té el dret de decidir si el seu fill ha de viure o morir. La seva obligació és protegir-lo i cuidar-lo.

—Tens raó, però en aquella època hi havia una mentalitat diferent —argumentà la guia—. Tot i així, aquesta pràctica va anar desapareixent. Durant els anys daurats de Tàrraco les lleis romanes controlaven tots aquests aspectes de la vida.

Van continuar l'itinerari. Van acabar visitant l'amfiteatre vora la mar, construït a principis del segle II dC.

Van seure a les grades, com anys enrere haurien fet els tarraconenses. Podien veure la mar Mediterrània al fons, una mar poderosa i rebel, que molts imperis havien intentat conquerir, però que finalment s'havia imposat a tots.

—Aquí es feien dos tipus d'espectacles —explicà la guia—: les lluites de gladiadors i les caceres de feres.

Podeu veure dues fosses que creuen l'arena en angle recte. Antigament estaven cobertes per taulons de fusta i servien per preparar l'espectacle. D'altra banda, les dues esglésies que veieu allà, les van construir els cristians segles més tard, una al segle VI i l'altra al XII.

La guia va permetre que els alumnes baixessin a l'arena per inspeccionar lliurement el recinte.

El cel era gris i xiuxiuejava la paraula «tempesta». La mar estava embravida i s'agitava intranquil·la. Una ràfega de vent va portar l'alè del Mediterrani i va crear una atmosfera humida i salada que transmetia el neguit de la mar.

La Nahara i la Sílvia caminàven pel centre de l'amfiteatre, envoltades per una infinitat de grades buides. Pensaven en l'època en què l'estadi era ple de gom a gom i la gent victorejava els gladiadors que lluitaven a l'arena.

Ara, l'amfiteatre conservava l'estructura però havia perdut l'esperit. Les persones s'havien convertit en ombres, i les aclamacions, en silenci, un silenci només trencat pel lament del vent.

La Nahara va notar com una gota li queia a la mà. Es va quedar paralitzada, com si hagués rebut la injecció d'un verí mortal. Una segona gota. Els pensaments se li van ennuvolar i una suor freda li va recórrer tot el cos. Una altra gota. Cada gota era una bala que la foradava. El cel ja no es va poder contenir més i va deixar anar el xàfec.

En uns instants plovia a bots i barrals.

La Nahara va quedar-se immòbil enmig de l'estadi i va recordar una escena horrible: es veia envoltada d'aigua a dalt d'un arbre i sentia crits de terror al seu voltant.

A l'amfiteatre, la pluja queia amb insistència i formava un tel que li impedia reaccionar. Tot eren records i sensacions.

Des de l'arbre observava com l'aigua s'ho empassava tot i la pluja esmorteïa els crits de la gent. No sabia què havia de fer, estava espantada, tremolava de por.

La Sílvia observava la Nahara amb preocupació. Li passava alguna cosa. No entenia per què la seva amiga continuava enmig de l'amfiteatre permetent que la pluja l'amarés fins als ossos. Tots s'havien aixoplugat sota un arc de l'amfiteatre. De fet, havia pensat que la Nahara l'havia seguida.

Les mans li relliscaven de la branca. La gent s'ofegava i ella sentia que les forces l'abandonaven. No podia més.

—Nahara! —la cridaven els seus companys.

La Nahara reaccionà i s'adonà que la pluja l'estava deixant xopa. Va voler córrer cap a cobert, però les cames no li van respondre; el passat la paralitzava.

Un terrorífic pensament li ressonava al cap: l'amfiteatre inundat d'aigua i ella ofegada. Aquell dia seria el seu final. L'amfiteatre la tenia empresonada perquè no s'escapés. El vent reproduïa el rèquiem de la seva mort. La pluja s'encarregava d'esmorteir els seus crits.

La seva imaginació va fusionar-se amb el passat. Des de dalt d'un arbre veia com tot el seu voltant es negava d'aigua i fang. L'amfiteatre també. No podia fer res. S'ofegava.

Auxili!

De cop i volta una mà va agafar-la i va fer-la sortir del seu món d'imaginacions, retornant així a la realitat. Era la Sílvia.

—Nahara, reacciona!

Es van posar a cobert amb la resta de la classe. Tots eren allà esperant que escampés.

La Nahara tremolava de fred i la Sílvia es va afanyar a deixar-li la seva jaqueta. Mentrestant, la Nahara s'havia convertit en el centre de totes les mirades.

—Què t'ha passat? Et fa por la pluja? —li va dir la Pitó amb un sarcasme feridor.

—Deixa-la en pau! —la va defensar la Sílvia.

—Encara et passa el mateix que de petita?

La Nahara no va contestar. Els companys li veien l'espant als ulls.

—Deixa-la! —li cridà la Sílvia—. Sembla mentida que no recordis el que ha viscut...

—No veus que no es troba bé? —la recolzà l'Oriol.

—Només feia broma —s'excusà la Pitó davant de totes les mirades dels seus companys—. Em pensava que ho havia superat.

El ruixat va convertir-se en amo i senyor de Tarragona durant uns minuts interminables. Els alumnes es van quedar a cobert fins que la fúria de la pluja es va anar apaivagant lentament.

De tornada a l'autobús, els primers raigs de sol aconseguiren obrir-se pas entre la fortalesa impenetrable de núvols i anaren acolorint l'ambient gris que imperava pertot arreu. Paral·lelament, el sol també va acolorir el rostre pàl·lid i inexpressiu de la Nahara, que repenjava el cap al vidre de la finestra. Els ulls, absents i perduts, van recuperar la vitalitat habitual.

—Sílvia.

La seva amiga va treure's l'auricular del reproductor de música.

—M'ha tornat a passar —li explicà entre sospirs.

La Sílvia va agafar-li la mà amb tendresa.

—No t'atabalis... Amb el temps ho superaràs.

—No ho crec —va opinar amb la mirada perduda—. Ja han passat vuit anys i continua sent tan real...

—Ets forta, Nahara.

Va contemplar el cel. El sol, encara tímid, aconseguia petites victòries contra els núvols de tempesta. I ella? Estava preparada per lluitar contra el seu passat?

5

Va entrar a casa sense fer soroll i va córrer cap al lavabo. Davant del mirall, s'aixecà la samarreta fins a l'alçada del melic i es va contemplar el tatuatge que s'acabava de fer: un símbol xinès que significava «flor d'aigües agitades». Sempre havia volgut fer-se'n un, era una mostra d'independència i control sobre la seva vida. Com que la mare no l'hi deixava fer, havia hagut de fer-se'l sense el seu consentiment. No l'hi pensava dir i quan se n'acabés assabentant, ja seria massa tard.

Va sortir del lavabo sentint que el significat del símbol xinès reafirmava el seu caràcter. Semblava fràgil com una flor, però havia resistit tots els problemes que havia tingut.

La Isabel era al safareig, al costat de la cuina, ficant roba a la rentadora. Ella va entrar-hi per agafar una fruita i marxar.

—Filla, estic posant la rentadora. No tens cap samarreta bruta?

—No.

—Mira, tens una petita taca a la que portes —li assenyalà—. Dóna-me-la.

Li va aixecar la samarreta. La Nahara de seguida va clavar-li una manotada, però ella ja havia vist el tatuatge.

—Es pot saber què acabo de veure? —preguntà fent-se'n creus.

—Res!

—No pot ser.

Tornà a aixecar-li la samarreta, però la Nahara se l'abaixà ràpidament, furiosa perquè l'hi havia descobert.

—Vols deixar-me en pau? Què passa, t'agrado? —la desafià.

La Isabel se sentia impotent davant la fera que havia de dominar i això li generava un gran estrès.

—No m'ho puc creure! —exclamà alterada—. Es pot saber quan t'has fet això?

Ella no contestà, però tenia molt clar que faria el que volgués amb el seu cos, sense demanar-li permís. Estava farta de sentir-se tan controlada.

—I sense el meu consentiment! Saps perfectament que no et deixo fer tatuatges perquè encara ets molt jove. Amb quinze anys tens el cap ple de pardals, però les coses les veuràs molt diferents d'aquí a uns anys...

Continuava cridant, cada cop més sulfurada, però la Nahara va desconnectar. Deixava que enraonés i enraonés mentre ella pensava en la reacció que tindrien l'endemà els seus companys de classe. Seria el centre d'atenció, tothom voldria veure el tatuatge i segur que triomfaria. Per això, el que pensés la seva mare tant li feia.

La Isabel continuava renyant-la. Tenia tantes coses a dir que no seguia cap ordre i es repetia perquè sabia que no l'estava escoltant.

La Nahara no aguantava aquell suplici. Tenia una vena al front que es començava a inflar de tan farta com estava. Mentrestant, un desig malèvol se li forjava a la part més fosca del cor. Aquest desig s'expandia pels braços, les mans, les cames... No el volia satisfer, però tot depenia de la seva mare. Si continuava amb aquella esbroncada repetitiva, no es faria responsable dels seus actes.

—Calla d'una vegada! —li va demanar.

La Isabel encara es va atabalar més.

—Nahara, m'has desobeït! Quan jo tenia la teva edat, havia d'obeir la meva mare encara que no estigués d'acord amb ella...

No podia més. El desig pervers se li va filtrar a la consciència i va provocar una reacció cruel i violenta.

—Deixa'm en pau, bruixa!

Va empentar-la en un arravatament d'ira.

La Isabel va retrocedir i va estar a punt de perdre l'equilibri.

—Vés a fer les teves coses! —li va ordenar amb ferocitat.

Va empentar-la per segon cop fins al safareig. La Isabel va convertir-se en un espantaocells sacsejat per la fúria de la seva filla.

Un cop a dins va tancar la porta amb rapidesa i decisió, de manera que va deixar-la empresonada al safareig.

—Nahara, què fas? Obre'm, sisplau!

Les súpliques desesperades no van afectar-la. Senzillament, no sentia compassió per una dona tan malvada que volia controlar la seva vida.

Al cap d'uns minuts, la Isabel es rendia i emmudia. Va acabar de ficar la roba a la rentadora i va recolzar-se a la porta esperant la compassió de la seva filla.

La Nahara va engegar la tele. No tenia cap remordiment d'haver-la tancada. L'hi demanava a crits i gairebé li havia fet un favor. Així es relaxaria. Tindria temps per meditar com la tractava i potser fins i tot acabaria deduint que havia de ser menys estricta. Així potser aconseguiria millorar la relació amb ella.

Van picar al timbre.

La Nahara es va aixecar del sofà mandrosament i va obrir la porta. Va trobar-se un noi i una noia un parell d'anys més grans que ella amb expressió amigable. Anaven polits i molt ben vestits. El noi portava camisa i corbata, i la noia, un vestit estampat.

—Hola, com estàs? —la saludà cordialment el noi.

—Bé.

—Estem visitant els teus veïns i a tu perquè ens agradaria saber si creus que és possible tenir una bona relació de família.

La Nahara se'ls va mirar amb desconfiança.

—Qui sou?

—Som testimonis de Jehovà —es presentà el noi.

—No m'interessa —va dir tancant la porta.

—Si no t'interessa, vol dir que ja tens una bona relació de família.

La Nahara va tenir la temptació de donar un cop de porta, però sense saber exactament per què, va obrir un altre cop. El noi i la noia mantenien l'expressió cordial del principi.

—Això és impossible. A casa només som la meva mare i jo. I precisament no hi ha una bona relació.

—Potser et passa perquè veus la teva mare molt diferent de tu —va afirmar la noia—. Però estigues segura que pots aconseguir tenir una bona relació amb ella.

La noia va treure una Bíblia de la seva bossa. La Nahara la va mirar amb desconfiança.

—Em penses llegir la Bíblia? Passo de perdre el temps.

—Pensa que la Bíblia conté consells pràctics. Ens diu als joves què podem fer per tenir una bona relació amb els pares. Fixa-t'hi —va buscar Efesis 6: 2 i 3—: «Honra el pare i la mare perquè tot et vagi bé i tinguis una llarga vida a la terra».

—Tot això és molt bonic, però a la vida real hi ha pares que no es mereixen que els honrem —assegurà la Nahara convençuda—. Sobretot quan són uns egoistes i no ens deixen fer res.

—Molts joves pensen com tu —hi estigué d'acord la noia—, però Déu ha donat als pares un grau d'autoritat a la família que cal respectar. Ells tenen la responsabilitat de decidir el que ens convé a nosaltres, els fills. Segur que la teva mare et posa regles perquè t'estima i s'interessa per tu.

—El que em digui la meva mare me la rebufa. Va demostrar que no m'estimava i va fer-me molt de mal. No em vingueu ara amb sermons.

—La teva mare no és perfecta i comet errors —raonà el noi—, errors com tothom. Per tant, no hi guanyes res sent rancorosa. En comptes de continuar pensant en les seves faltes, concentra't en les bones qualitats que segur que té.

—És molt fàcil dir-ho, però vosaltres no sabeu com és. Intenta amargar-me, però jo puc amargar-la encara més a ella...

—Potser el que has de fer és canviar d'actitud. Un proverbi bíblic diu: «Hi ha qui parla inconsideradament, com estocades d'espasa, però la llengua dels savis guareix». Ja veuràs com tot millorarà si passes una estona parlant amb ella i intentes solucionar les vostres diferències. A més, li trobaràs qualitats que ni tu mateixa coneixies i això et farà apreciar-la més.

—Amb la meva mare no s'hi pot parlar, tot són crits —declarà molesta.

—Potser no t'hi dirigeixes amb respecte.

La veu de la noia era ferma, però no condemnatòria. La Nahara va trobar-se en un carreró sense sortida. Veritats tan clares i evidents la incomodaven.

—Mireu! No sé per què us estic explicant tot això a vosaltres. No us conec de res i no heu de dir-me el que he de fer, no sóc una nena —va reaccionar amb fredor—. Aneu-vos-en a molestar algú altre.

Els dos joves es van acomiadar respectuosament.

—Com tu vulguis. Que tinguis un bon dia.

La Nahara va entrar a la cuina, es va quedar davant la porta del safareig. Va poder veure la silueta de la seva mare a través del vidre granulat. No la podia deixar allà eternament. Va respirar fondo, soterrant el seu orgull. La vergonya li impedia posar la mà a la maneta, però havia de deixar-la sortir tard o d'hora...

Va obrir.

Camuflada en la penombra, va observar la cara ombrívola de la seva mare. S'havia fet més vella. L'angoixa li havia marcat encara més les arrugues de la cara i li havia absorbit deu anys de vida. La vitalitat se li consumia com una espelma.

Aleshores, va descobrir una qualitat en ella en la qual no havia pensat mai: la seva resistència.

Ara la contemplava amb una mica més de respecte i comprensió. No tothom tenia l'enorme paciència de la mare per aplacar els seus atacs diaris.

Se sentia tan avergonyida que li hauria agradat abraçar-la i recompondre-li el rostre compungit i modelat pels disgustos, però va reprimir immediatament aquells sentiments de feblesa. Va recordar la fotografia que guardava a la tauleta de nit i els seus ulls van brillar d'odi un cop més.

—Espero que hagis pensat en el que has fet —li va dir.

I se'n va anar sense disculpar-se. La Isabel va quedar submergida en un oceà de tristor sentint que no volia sortir a la superfície.

La seva vida no valia res.

6

—El vostre comportament amb els professors de català i anglès no té cap justificació —els va reprendre la tutora—. Em sembla indignant que no els deixéssiu fer classe. A l'institut no veniu a jugar, veniu a formar-vos com a persones.

La Glòria havia aprofitat l'hora de tutoria per parlar seriosament del tema. Era una dona justa i propera que tothom respectava. Sabia entendre els problemes dels seus alumnes, però no tolerava els excessos ni les injustícies.

—M'avergonyeixo de la vostra actitud. Si continueu així, el dia de demà no trobareu una bona feina perquè la gent no voldrà persones rebels i irresponsables com vosaltres.

Tots l'escoltaven en silenci, amb el cap cot, sense atrevir-se a aixecar la mirada.

—He decidit que informaré els vostres pares de tot el que ha passat —va anunciar—. Nahara, els teus pares seran els primers. Vull reunir-me amb ells un matí de la setmana vinent.

La Nahara no es va sorprendre.

—La meva mare treballa tots els matins —va respondre—. Li és impossible venir.

—I el teu pare?

No va contestar a l'instant.

—No tinc pare.

—Es va ofegar per culpa seva —va dir la Pitó.

Es va crear un silenci sepulcral. A la Nahara li hauria agradat aixecar-se i trencar-li la cara, però el dolor la destrossava per dins. Les seves paraules havien estat un abocament de sal en una ferida que mai no acabava de cicatritzar.

—Retira això que has dit —ordenà la tutora a la Pitó—. No consento aquest tipus de comentaris.

—Però...

—Retira-ho!

La Pitó va plegar-se de braços amb cara de pomes agres.

—Ho retiro.

La Glòria va observar la Nahara i va percebre que els seus ulls s'humitejaven.

—Vés al lavabo —li recomanà—. Pots estar-t'hi tant temps com necessitis.

La Nahara va fer-li cas i va sortir. La seva angoixa s'anava transformant en aversió i abans de tancar la porta va dedicar una mirada fulminant a la Pitó: «Prepara't a l'hora del pati». Ella desxifrà el seu desafiament, però no es pertorbà gens.

Va anar al lavabo. Pel camí va topar-se amb un noi de primer d'ESO que estava assegut tot sol en un banc del passadís.

—Ei, Nahara!

—Xavi, un altre cop t'han expulsat de classe?

—Sí, per posar una xinxeta al seient del profe.

—Quina barra que tens!

El noi va percebre que la Nahara tenia el pensament en un altre lloc. Estava abstreta i neguitosa.

—Que et passa res?

L'expressió de la noia va enfosquir-se.

—Avui hi haurà brega al pati —va anunciar amb una veu tètrica.

—Amb qui? Què ha passat? —va voler saber ple d'excitació.

La Nahara no va contestar i uns segons de silenci van sentenciar la decisió.

—Tu escampa la veu. —Canvià de tema assenyalant-li el braç.— I això? Una altra nòvia, oi?

El vailet tenia una cicatriu amb forma de B. Els de primer d'ESO eren els més salvatges de tot l'institut. Quan no tenien cap professor a l'aula sovint començaven a cridar i a donar cops de peu a les parets, fent trontollar els fonaments de tot l'institut. La cicatriu que tenia era un altre dels seus costums incivilitzats: els nens agafaven un cúter i es gravaven la inicial de les seves nòvies a la pell.

—La B de Bea, perquè és la meva *xati*.

—I quan ho deixeu, quina excusa posaràs? Que t'ha esgarrapat un gat? —el provocà amb ironia.

En Xavi es quedà desconcertat i quan estava a punt de replicar-la la Nahara s'acomiadà.

—Tio, me'n vaig a escampar la boira. Estic atabalada.

—Fins després, doncs. Espero brega, eh!

—A mort!

Entrà als lavabos i se situà davant del mirall. El seu rostre havia format una màscara de venjança i ressentiment que ocultava el seu patiment, es notava pel contorn inflamat dels ulls. Es va rentar bé la cara, i en tornar-s'hi a mirar, la màscara s'havia desfet i el seu semblant reflectia el dolor que la martiritzava per dins.

—Com estàs?

Va contemplar la Glòria a través del reflex del mirall.

—Estic bé —contestà la Nahara mentre es girava.

La seva tutora s'hi va acostar i li va acariciar el braç amb tendresa.

—No sabia que el teu pare havia mort. Ho sento. Si necessites parlar, sóc aquí per al que necessitis.

—Gràcies, Glòria, però estic bé. T'ho prometo.

La tutora va sospirar.

—El comentari que ha fet la teva companya ha estat molt lleig, però sisplau, deixa-ho córrer.

Els ulls de la Nahara van clavar-se en les pupil·les de la professora.

—Ho sento, això no t'ho puc prometre.

El xivarri i els crits que sempre se sentien al pati s'havien transformat en murmuracions. Sabia que tothom l'estava observant. A hores d'ara, l'institut sencer devia conèixer el seu propòsit.

Va passar davant del banc on normalment s'asseia amb la Sílvia, l'Esther i la Montse, però aquesta vegada no s'hi va aturar. Van contemplar com caminava ben decidida cap a les escales, on seien la Pitó i les Vironeres.

La imminent baralla ressonà per tot el pati i tothom començà a aglomerar-se al voltant de les escales. La Sílvia, l'Esther, la Montse, l'Oriol, l'Ahmed, en Marc i tots els altres companys van anar-hi a presenciar la trobada.

Les fulles dels arbres s'arremolinaven inquietes per terra.

La Pitó va aixecar-se, desafiadora, quan va veure que la Nahara s'hi acostava.

Cada cop s'amuntegaven més i més alumnes expectants.

La Nahara caminava mirant-la als ulls, segura d'ella mateixa. Se sentia important. Tothom li deixava pas i l'observava amb respecte.

La Pitó va baixar dos graons de l'escala i va esperar-la amb els braços plegats.

Totes dues es van observar unes mil·lèsimes de segon. No calien explicacions.

—Tu què has de dir de mi? —li recriminà la Nahara.

—Jo dic el que em dóna la gana, que et quedi clar —contestà en to desafiant.

—Però, de què vas?

La Nahara li va clavar una empenta. Va produir-se un rebombori entre la multitud.

—Toca'm un altre cop i et faig la cara nova —l'amenaçà la Pitó.

—Au va, comença —la provocà amb una altra empenta.

La Pitó no s'ho va pensar dos cops i li va donar una bufetada.

El grau d'excitació augmentava per moments. Molts animaven la Nahara perquè reaccionés, d'altres incitaven la Pitó perquè aprofités l'avantatge.

La Nahara va aixecar el cap lentament. Li havia declarat la guerra. El que ella volia. Havien estat molts moments de repressió i no pensava perdonar-li'n cap.

—Te'n penediràs tota la vida, d'això, desgraciada —va augurar abans de passar a l'acció.

Tothom va començar a cridar i a xiular contagiats per l'emoció.

La Nahara va agafar-la pels cabells i va estirar-los-hi amb força.

—Nahara, pots amb ella!

—Estira més!

Tenint-la ben agafada, va etzibar-li un cop de peu als genolls perquè els doblegués. La Pitó va xisclar en caure de genolls i sentir la tibantor dels cabells que la Nahara li continuava estirant.

—Això per ser una tia tan fastigosa.

La Pitó no va contestar, però va reaccionar donant-li un cop de puny al ventre. La Nahara no se l'esperava i es doblegà cap endavant.

El combat s'igualava... Tothom al pati observava l'espectacle fent enrenou, xiulant, cridant... Fins i tot els estudiants de batxillerat s'havien sumat al públic per ficar-hi cullerada. Era tot un esdeveniment que dues noies es barallessin d'aquella manera, ja que normalment la majoria de noies no passaven d'insultar-se mútuament.

La Pitó va aprofitar el seu avantatge per fer-la entrebancar i tirar-la a terra.

—N'estic farta, de tu. Has de vigilar amb qui vols brega.

La Nahara tenia els ulls injectats de sang.

—Estàs morta! —anuncià posant-se dreta i abalançant-s'hi.

El xivarri al pati era descomunal. Els estudiants gaudien en contemplar aquestes exhibicions que trencaven la monotonia. S'hi podien sentir comentaris i crits de tot tipus. Molts no les coneixien perquè eren d'altres cursos, només volien veure brega.

Un professor de guàrdia va arribar alertat pel soroll. En trobar-se les dues noies que intentaven tirar-se a terra mútuament, de seguida va posar-se al mig amb la voluntat de separar-les.

—Ja n'hi ha prou!

Cap de les dues no va fer-li cas. El professor va haver de cridar un altre professor perquè l'ajudés a separar-les i cada un va agafar una noia.

La Nahara i la Pitó van intentar desempallegar-se'n, però els professors no van cedir i les van portar al despatx de la directora.

La baralla havia quedat força igualada, ja que totes dues havien rebut de valent i tenien ferides i esgarrapades a tot el cos.

• •

—S'ho mereixia, tia.

—Has fet el que havies de fer.

—Ara mateix ets el terror de l'institut.

La Nahara no se'n sentia satisfeta. La directora les havia esbroncades durant més d'una hora i els havia posat una amonestació a cada una. Els havia donat l'oportunitat de disculpar-se, però cap de les dues no havia acceptat. El pitjor de tot, però, havia estat la cara de decepció de la Glòria en veure-la. Potser l'havia d'haver escoltada. Potser hauria estat millor deixar-ho córrer. Ara no se sentia millor.

Ara començaven un altre cop les classes. No volia tornar-hi. Tothom devia estar comentant la baralla i no li venia de gust concedir entrevistes.

—Passo d'anar a classe. Me'n vaig —decidí.

La Montse, l'Esther i la Sílvia van acompanyar-la al forat del reixat per on sortien tots els que feien campana.

Va arribar a casa. A la taula gran del menjador hi havia un gerro amb margarides. Sovint la seva mare en comprava, hi tenia obsessió.

Després de deixar la motxilla a l'habitació, va entrar al lavabo. En encendre el llum, el mirall va tornar-li el rostre que no volia trobar, un rostre demacrat, amb rascades, sang seca i sorra als cabells.

Els seus ulls blaus mostraven un aire de superioritat, però alhora de decepció. No li agradava veure's en aquell estat tan humiliant. Li feia mal tot el cos, sobretot el ventre.

La Isabel va arribar de la feina per dinar quan la Nahara sortia de la dutxa amb una tovallola. De seguida li va veure les rascades a la pell i una ferida al colze.

—Nahara, què t'ha passat? —preguntà, alarmada.

Un cop de porta va ser la resposta que va obtenir.

La Isabel no es donà per vençuda i entrà a l'habitació.

—Truca a la porta! —bramà la Nahara.

—Nahara, sisplau. Explica'm què t'ha passat.

—Res que t'importi!

—És clar que m'importa. —Va fixar-se en la ferida del colze.— No m'agrada aquesta ferida, l'hem de curar.

No donava opció a la seva filla. Va anar al lavabo per agafar cotó, aigua oxigenada i iode de l'armariet.

—Has caigut?

La Nahara s'estremia de dolor en notar el cotó amarat d'aigua oxigenada.

—Em fas mal!

La Isabel va curar-li les ferides amb delicadesa. La Nahara la mirava en silenci. En moments com aquell s'oblidava dels seus prejudicis i se sentia afortunada de tenir una mare tan atenta com ella. Va estar a punt d'explicar-li la baralla amb la Pitó, però va rebutjar la idea ràpidament. Estava segura que s'escandalitzaria i que no seria capaç d'entendre-la.

Mai no s'entenien.

—Nahara, si no em vols explicar el que t'ha passat, com a mínim, no intentis amagar-me aquests problemes. D'acord?

—No siguis pesada!

La Isabel va interpretar la resposta com un sí. Va anar a la cuina per fer el dinar.

Quan tot va estar a punt, va parar taula i va cridar la Nahara perquè sortís de l'habitació.

La noia va sortir al cap d'uns minuts.

—Què és, aquesta porqueria? —exclamà en veure la carn.

—Filets de vedella.

—Quin fàstic! Saps de sobres que no m'agraden!

—Nahara, no facis fàstics al menjar.

—No m'ho penso empassar, això.

—Has de dinar —raonà la Isabel—. Que no menges bé...

La fúria de la Nahara va esclatar de seguida. Tenia la mirada encesa.

—Que no menjo bé? Encara continues amb la teva paranoia que estic prima?

Va donar un cop de puny a la taula del menjador. Van caure els pètals d'algunes margarides del gerro.

—Nahara, no comencem —va dir la Isabel fent una passa enrere.

—Estic farta de les teves paranoies!

A la Isabel li tremolaven les cames. Coneixia la seva filla, els seus canvis d'humor... I no li agradava com estava reaccionant.

—Nahara, vull que t'alimentis bé. És normal, sóc la teva mare...

—No ets la meva mare! —li cridà—. No facis veure que et preocupes per mi!

—Nahara, sisplau, no comencem!

—Calla!

—T'he curat les ferides. És clar que em preocupo per tu!

—Calla! —va cridar, nerviosa—. Vas abandonar-me! Volies que em morís!

La vena del front se li començava a inflar. Respirava acceleradament.

—Fes el favor de tranquil·litzar-te! No et consento que em parlis així.

—T'he dit que callis! —va vociferar tot llançant-li el plat de la carn.

El plat va passar fregant la cara de la Isabel, va impactar contra la paret del menjador i va esmicolar-se.

La Isabel va fer una altra passa enrere.

—Per què has fet això? —aconseguí pronunciar amb la veu esquinçada.

La Nahara l'observava com una enemiga que havia d'eliminar.

—Tant de bo t'hagués tocat a la cara —va reconèixer mentre es tancava a l'habitació.

La mare es va quedar al menjador uns segons sense poder assimilar les paraules de la Nahara. Després va agafar una escombra per recollir els filets de vedella i els trossos del plat trencat. Quan la seva filla li havia llançat el plat, havia sentit com se li esmicolava el cor. Podia recollir els trossos d'un plat trencat, però no podia recollir un cor fet miques.

Volia complir els divuit d'una vegada i tocar el dos de casa, marxar d'aquell infern amb una mare falsa, perversa i amargada que no la deixava en pau.

Va encendre l'ordinador per comprovar si hi havia algú connectat amb qui parlar, però no hi havia ningú que l'interessés. Aquella tarda no tenien classe i tothom devia ser a la plaça.

Va posar música a l'ordinador i va estirar-se al llit. De seguida va sentir l'embolcall dolç de la son i els ulls se li van ennuvolar i lentament es van tancar. No volia pensar. No volia recordar. Tan sols volia deixar la ment en blanc i descansar.

La va despertar la melodia del mòbil. Qui devia ser?

La pantalla mostrava una identitat oculta, però, tot i així, va sentir curiositat i va contestar.

—Digui?

No va obtenir resposta.

—Digui? —va repetir més exasperada. Si normalment tenia poca paciència, en aquells moments no en tenia gens.

El silenci perdurava. No sentia cap soroll ni moviment.

—Mira, siguis qui siguis, passo d'aquests jocs.

El silenci continuava sent l'única resposta.

La Nahara va penjar rebufant. No sabia qui podia fer aquest tipus de bromes estúpides, però no volia donar-hi més voltes.

La Isabel va entrar a l'habitació. Volia comprovar que la Nahara estigués més tranquil·la, però s'havia adormit al llit. Li hauria agradat raonar amb ella sobre la seva actitud, però cada vegada tenia més por de parlar-hi. Temia les seves reaccions.

Als set anys s'havia començat a rebel·lar. Al principi pensava que devia ser una reacció normal a tot el que havia viscut tan jove, però feia molts anys que aguantava la seva filla i cada dia reaccionava pitjor. Ara no només eren insults, havia passat a l'acció. L'havia tancada al safareig i li havia llançat un plat a la cara. Què vindria després?

Va sospirar resignada.

No sabia què fer amb ella. Era un autèntic dimoni. Havia de consentir aquest tipus de situacions indefinidament?

La seva germana Clàudia li deia que no podia permetre aquestes reaccions i que la denunciés a la policia.

Denunciar-la. No s'hi veia amb cor. La Nahara no l'hi

perdonaria mai. Per tant, no tenia altre remei que aguantar. Era conscient que la Nahara es trobava en una edat difícil, però tenia l'esperança que canviés amb el temps, a mesura que anés madurant.

Va tornar al menjador. Les margarides lluïen al bell mig de la taula. La Isabel va canviar l'aigua del gerro. En posar-hi novament les margarides, molts pètals van caure.

7

—Nahara, ets la millor.

—Au va, Xavi, no n'hi ha per a tant.

Tots dos entraven a l'institut.

—T'ho dic de debò. Ahir vas triomfar. Va ser boníssim quan la tenies agafada pels cabells i li vas doblegar les cames...

La Nahara va somriure.

—La molt malparida s'ho mereixia, però ella tampoc no va quedar-se parada...

—Ja, però es notava que dominaves la situació. Tots els de classe ho comentàvem ahir. Ets l'estrella.

—Segur que sí.

—És veritat. N'hi ha dos que et volen demanar rotllo.

—Doncs m'ho pensaré —va resoldre—. Primer, que agafin un cúter i es gravin el meu nom al braç. Després ja triaré.

—Suposo que abans voldries estar amb mi...

La Nahara va somriure.

—Xato, tu tens nòvia, però, tranqui, no estaria mai amb un de primer. I ara, me'n vaig cap a classe.

En entrar a l'aula, la Nahara va rebre l'ovació dels seus companys. Gairebé tots havien presenciat la baralla d'ahir i la consideraven la guanyadora indiscutible.

La Pitó i les Vironeres xiuxiuejaven entre elles quan va entrar. No podien dissimular les cares de fàstic i enveja.

La Sílvia va rebre-la amb una abraçada. L'Ahmed va victorejar-la. En Marc li havia escrit a la pissarra: «Nahara, the best». Era evident que tothom es decantava per ella i que la Pitó havia perdut popularitat.

L'Oriol l'esperava assegut a la seva cadira.

—Nahara, t'he de felicitar —va saludar-la—. M'encanta veure com dues ties es barallen així.

—Les ties ens podem barallar igual que vosaltres.

—I tant. Ja m'agradaria a mi barallar-me amb tu.

La Nahara es va ajupir per situar-se al nivell dels seus ulls.

—Potser hauríem de tenir algun motiu abans, no et sembla?

L'Oriol es va repenjar a la cadira, divertit.

—Ja en buscaré algun.

Ella va alçar-se amb pretensions.

—Ni ho intentis. Pensa que perdràs —va advertir-li.

—I qui ha dit que vulgui guanyar? Jo només he dit que vull barallar-me amb tu.

La Nahara va mostrar el seu somriure més astut.

—Dius això a totes les ties o només a les més difícils?

La Neuròtica va arribar a classe. L'Oriol va seure al seu lloc com si no hagués sentit res.

—*Good moorning!* —va saludar la professora.

—Nahara, no t'entendré mai —li confessà la Sílvia mentre seia al seu costat—. Tens el tio bo de la classe que va boig per tu i el tractes pitjor que a en Marc.

La professora esborrava la pissarra. En Marc es va queixar que esborressin la seva dedicatòria a la Nahara.

—Per bo que estigui, és un cregut picaflor.

—Si feu la parella ideal... Sou els dos que més triomfeu a l'institut.

—M'estimaria més estar amb en Marc que amb ell.

Va coincidir que en aquell moment el seu etern enamorat la mirava amb un somriure ple de càries.

—Nahara, definitivament, això que et passa és preocupant —va concloure la Sílvia en observar el pretendent—. Fes-t'ho mirar.

Durant la classe, la Pitó observava de tant en tant la Nahara. Totes dues seien a la fila del darrere, cada una a un extrem. La Nahara es va adonar de les seves subtils mirades i va sentir-se incòmoda. Si hagués estat una altra persona no hauria reaccionat, però la Pitó era maliciosa i retorçada. Preferia no tenir gaires més conflictes amb ella. Havia demostrat que no era covarda i, com que totes dues eren noies decidides i guerreres, la millor manera de no crear problemes continus era que passessin l'una de l'altra.

Es coneixien des de pàrvuls i sempre havien anat a la mateixa classe. Encara que mai no havien estat amigues, a primària havien tingut una bona relació. La Pitó sovint havia berenat a casa seva i a l'estiu havien anat a l'esplai juntes.

Per tant, no entenia per què la Pitó li havia agafat mania. Tot i que no tenia tants seguidors a classe com ella, també era una noia molt popular a l'institut i comptava amb el suport de molta gent d'altres classes. La Sílvia deia que tot era enveja perquè la considerava una rival superior. Potser aquest era el motiu, però si era així, no podia fer res perquè canviés la situació.

—A classe, la Pitó no parava d'observar-me.

—Està més rabiosa que mai. És normal.

—En porta alguna de cap. Ahir em va trucar una persona amb identitat oculta, però no va dir res. Segur que era ella.

—O potser no. Quin sentit té que et truqui?

—Vés a saber. Aquesta tia no coordina. —La Nahara s'exasperà només pel fet de parlar d'ella.— Ahir me l'hauria carregada, de debò.

La Sílvia va riure sense ganes.

—Au va, afanya't. He de parlar amb la d'història.

La Nahara va sortir del lavabo i va rentar-se les mans. La Sílvia l'esperava repenjada a la pica.

—Si no ens haguessin separat, et juro que l'hauria matat —repetí mentre es resseguia una esgarrapada que tenia al coll.

—Estàs emprenyada i ho veus tot molt negre —argumentà la Sílvia—. La Pitó és molta Pitó i es mereixia una lliçó, però tu no series capaç de fer-li mal.

La Nahara va mirar-la a la cara.

—Que poc que em coneixes, Sílvia... Si no hagués vingut el profe de guàrdia, hauria seguit fins que...

—Fins que què? —La Sílvia s'havia apropat a ella ben seriosa.— Pots estar ben segura que us hauria separat jo.

La Nahara s'alegrava de tenir una amiga com ella, sempre tan centrada i correcta. Malgrat que de vegades pensaven de manera molt diferent, reconeixia que aconseguia calmar el seu caràcter violent i impulsiu.

—Vinga, va! He de parlar amb la profe d'història —insistí la Sílvia.

—Vés tirant, jo ara vinc.

—D'acord! Ens veiem als bancs del pati.

Es va quedar sola al lavabo repassant-se la ratlla dels ulls. No li agradava anar gaire maquillada a classe, però reconeixia que li importava la seva imatge, no era qüestió d'anar de qualsevol manera.

Ja havia guardat el llapis d'ulls quan algú va entrar al lavabo. A través del mirall va veure qui era i aleshores va sentir una esgarrifança que li recorregué tot el cos. La Pitó.

No va mostrar cap indici de debilitat. La Pitó tampoc no s'esperava topar-se amb ella, però va dissimular la seva sorpresa.

Els primers instants van ser eterns. Totes dues estaven separades per un mur ple de prejudicis que cap de les dues no volia traspassar.

La Pitó va ser la primera a reaccionar i, sense mirar la Nahara, se situà a la pica del costat i va beure aigua de l'aixeta.

—Crec que ha quedat ben clar qui ha estat la guanyadora —comentà la Nahara amb una veu ombrívola.

La Pitó l'escoltava mentre bevia aigua, però no va dir res.

—Espero que sigui l'última vegada que parles així de mi, perquè se m'ha acabat la paciència.

—No em fas por —li assegurà la Pitó incorporant-se—. Et motives massa quan la gent et regala les orelles.

—Enveja que tens.

—Enveja de tu? —va dir, assenyalant-la amb una riallada—. Si, en realitat, ets una desgraciada.

La Nahara s'esforçava per calmar-se, però va tancar els punys amb força.

—Mira, maca —va dir, tot inspirant—. No sé quines paranoies tens al cap, però fes-te la idea que tothom passa de la teva cara. No ets ningú.

—I tu sí?

—Més que tu, segur.

La Pitó es plegà de braços, escèptica.

—No creguis que ets la diva de la classe.

La Nahara gairebé no podia controlar-se. Els seus punys estaven a punt de reaccionar.

—Millor que escampis la boira, perquè te n'estàs guanyant una de bona.

La Pitó va somriure amb malícia. Coneixia la Nahara i en coneixia els punts febles.

—No penso anar-me'n perquè tu m'ho diguis. Amb mi això no funciona.

La Nahara va respirar fondo. La treia de polleguera que la Pitó se li encarés, però no havia de mostrar cap escletxa per on pogués ser atacada. Havia de mantenir el seu posat arrogant i impositiu, fer-se respectar.

—M'estàs cansant, i molt —va advertir-li, acostant-s'hi.

Gairebé podia sentir la seva respiració.

—Tu a mi sí que m'estàs cansant. Dóna gràcies que el teu pare no t'ha conegut com ets ara.

La Nahara no va poder més. Va trencar totes les amarres del seu autocontrol com una bèstia enfurismada. La va empènyer amb una força descomunal cap a la paret, sense pietat. Tenia la cara vermella d'ira.

La Pitó mantenia el tipus recolzada a la paret, amb un somriure malèvol tan perillós com el verí de les seves paraules.

—Deixa el meu pare en pau o et mataré!

La Nahara li estrenyia el braç amb una mà i l'altra la tenia alçada, amb el puny tancat.

—Eres així de violenta també amb la Laura?

La Nahara va empal·lidir en sentir aquell nom. Continuava amb el puny alçat, però el braç se li feia cada vegada més pesant. Gairebé no el podia subjectar.

La Pitó va aprofitar l'oportunitat.

—Ella hauria de ser aquí, no tu.

Volia fulminar-la. No podia pensar en res més. Però no tenia forces. Per què havia hagut de pronunciar aquell nom?

La Pitó va somriure triomfalment en contemplar la feblesa de la seva contrincant. Havia aconseguit amansir la fera amb el poder de les seves paraules. Se sentia orgullosa. Tenia un domini sobre ella, una autoritat, que podia exercir per demostrar la seva superioritat.

—M'encantaria continuar aquesta conversa, però me n'he d'anar —va dir la Pitó amb falsa diplomàcia—. Bona sort, Nahara!

Ella va observar com se n'anava mentre respirava molt nerviosa.

Va relaxar els músculs. Tenia la marca de les ungles a la mà de tanta força com havia fet amb el puny i ara era incapaç de tancar la mà un altre cop. Tota la seva força s'havia esvaït, però la sang encara li bullia per dins.

Laura. Per què havia hagut d'esmentar aquell nom?

Aleshores, sense poder-ho evitar, va ensorrar-se. Li va caure a sobre la desesperació i va entrar en una espiral cada vegada més fosca de la qual no veia el final. Va recolzar l'esquena a la paret i es va deixar caure lentament. Les llàgrimes li inundaven els ulls, uns ulls vidriosos que havien plorat moltes vegades en silenci.

El lavabo de l'institut era l'únic testimoni del seu ensorrament.

—Laura... —va murmurar.

8

Havia oblidat les claus de casa i va picar a la porta. La Isabel va obrir subjectant el telèfon sense fil amb l'espatlla.

—Sí, acaba d'entrar... D'acord, te la passo... Adéu!

La Isabel va passar el telèfon a la Nahara. La mare no podia ocultar el seu neguit i es va quedar al costat de la seva filla pendent de què deia.

La Nahara va observar-la amb recel i desconfiança.

—Digui?

—Hola, Nahara, com anem? —va sentir a l'altra banda de la línia.

—Hola Clàudia!

—Mira, que volia preguntar-te com es va portar en Sergi quan va quedar-se amb tu.

—Doncs... com sempre. Per què?

La seva tieta no va contestar immediatament. La Nahara va percebre que estava força nerviosa i que volia dir-li alguna cosa sense saber per on començar.

—És que... recordes que estava molt rebel quan el vaig venir a buscar?

La Nahara va ensumar-se de seguida fins on volia arribar la seva tieta.

—Rebel? Jo no vaig notar res.

—Doncs sí, Nahara. Em va contestar faltant-me molt

al respecte. A casa el vaig renyar de valent. S'ha quedat sense consola durant tot un mes.

—No n'hi ha per a tant, Clàudia. Moltes coses les aprenen a l'escola.

—Sí, és clar...

La Clàudia va sospirar encara més nerviosa... Tartamudejava una mica i no acabava de tractar el tema que volia.

—Nahara, li vaig preguntar a en Sergi d'on havia tret aquestes coses i em va dir que tu parlaves així a la teva mare.

La Nahara ja comptava amb el fet que el seu cosí se n'hagués anat de la llengua i, fins i tot, que hagués exagerat. Per tant, allò no la va sorprendre.

—En Sergi és un exagerat, Clàudia. Ho saps.

—Entenc... Sé que els nens de vegades expliquen les coses a la seva manera, però... a veure com t'ho puc dir. He estat parlant amb la teva mare del tema i m'ha explicat algunes coses, Nahara, coses que no són normals.

La Nahara, en aquest moment, va entrar en un estat d'alerta. Això sí que no s'ho esperava. Era al menjador. Va buscar la seva mare amb la mirada, però havia desaparegut. Va entrar a l'habitació.

—I què t'ha explicat exactament? —va preguntar.

La Clàudia estava passant per una situació més compromesa que ella.

—Que de vegades no la tractes bé i li faltes al respecte. Ja ho saps, Nahara.

—No ho sé, perquè la meva mare també explica les coses que vol per fer-se la víctima.

—Nahara, estàs en una edat difícil i tots hem tingut la nostra època rebel, però tu t'estàs passant de la ratlla.

—Que m'estic passant de la ratlla? A veure, digue'm què t'ha dit la meva mare.

—Doncs m'ha explicat que vas tancar-la al safareig i que li vas llançar un plat a la cara. Aquestes coses no es fan.

La Nahara es mossegava el llavi de ràbia.

—Tu no hi eres quan va passar tot això. Així que no pots parlar.

—Però reconeix que no està ben fet —va dir la Clàudia intentant conservar un to amigable i proper—. La teva mare t'estima molt i fent aquestes coses la poses trista.

—Hi hauries d'haver estat. La mare sempre vol deixar-me com la dolenta de la pel·lícula i es pensa que ella és perfecta!

S'anava movent d'un cantó a l'altre de l'habitació.

—Nahara, tranquil·litza't! La teva mare no es creu perfecta, tots cometem errors.

—Doncs ja està! Que no vagi parlant de mi quan ella és la primera que hauria de callar.

—Nahara, això no justifica la teva actitud. Encara que ella cometi errors, continua sent la teva mare i té més experiència que tu a la vida. T'estima i vol el millor per a tu.

—Deixa'm en pau! Què en saps tu! La meva mare t'ha menjat el cervell i penses com ella, però estàs molt equivocada.

—Nahara, calma't!

—Educa el teu fill malcriat i a mi deixa'm en pau!

I va penjar. Mai no havia parlat a la seva tieta en aquell to de veu i encara menys per telèfon, però havia tret un tema que l'esverava.

Només de penjar, va obrir la porta de l'habitació amb

una embranzida i va córrer directament a la cuina, on la seva mare preparava el sopar.

—Es pot saber què li has dit a la Clàudia? —va irrompre amb els ulls plens de rancúnia.

La Isabel, que estava fregint uns ous, gairebé no es va atrevir a mirar-la.

—Doncs li he explicat com et comportes. A veure si fas més cas quan t'ho diu una altra persona i no jo!

—Que sigui l'última vegada! Què vols? Que expliqui jo també com ets i com em tractes?

La Isabel estava acostumada a sentir barbaritats de la seva filla, però tot i així cada vegada se'n sorprenia més.

—Nahara, estic cansada de tenir cada dia una discussió amb tu!

—Tu ets la culpable! Discutim sempre per culpa teva.

—Això no és veritat! —afirmà la Isabel, indignada, esgotant les poques forces que li quedaven—. Ets tu qui no fas cas.

—Sempre m'estàs dient ximpleries i jo t'he d'aguantar. No em deixes fer res perquè ets una amargada de la vida.

—M'estàs amargant tu a mi. No sé com pots dir això.

—Que m'oblidis! —vociferà la Nahara tancant el puny.

—Jo no sóc una de la teva classe, així que comporta't —l'esbroncà la Isabel assenyalant-la amb el dit—. Em mereixo un respecte per part teva i que m'escoltis.

La Nahara començà a imitar-la amb el dit i a fer-li ganyotes.

—Ja n'hi ha prou, Nahara! Així m'estàs posant més nerviosa!

—Deixa'm tranquil·la d'una vegada! Quan vingui la tieta, ja li explicaré la veritat, perquè ella no sap res i es pensa que ets una santa, però ets una boja que no pares de cridar!

—Nahara, calla. No em contestis! Sóc jo qui t'ha de dir tot el que fas malament. Per això sóc la teva mare.

—No ets la meva mare! No m'has estimat mai!

—Nahara, no diguis bestieses...

—L'únic que m'estimava era el pare. Tu haguessis volgut que m'hagués mort!

—Això no és veritat.

—Sí que és veritat! Vas deixar-me anar! —cridà obrint la porta—. Vas deixar-me anar perquè la preferies a ella!

Va sortir baixant les escales de dos en dos.

—Nahara, on vas?

No va contestar.

La Isabel no volia fer un escàndol al replà del pis i va tancar la porta amb resignació.

Ja havien passat vuit anys, però la seva filla no s'oblidava d'aquell estiu fatídic. Sempre li retrauria la decisió que havia pres. La decisió més difícil de la seva vida. «La preferies a ella!», aquelles paraules li ressonaven ben endins.

No sabia si podria aguantar aquest ritme de disgustos. No sempre tenia el coratge suficient d'enfrontar-se als atacs de la seva filla. No podia amb ella.

9

Al parc que hi havia davant de casa, hi regnaven el silenci i la foscor.

Hi havia lluna nova, però molt poques estrelles aconseguien brillar al firmament.

Va travessar la porta del parc. De petita, sempre tenia por de perdre-s'hi, ja que era un lloc immens ple de jardins i arbres que desorientaven els més petits. En aquell parc havia viscut moments molt emotius de la seva infantesa i els recordava amb estima: els jocs dels investigadors, els mercats de fruita, les guerres d'aigua a l'estiu i una colla de jocs plens d'imaginació.

Una brisa d'aire humit va aconseguir que revisquessin novament els sentiments de la seva infantesa. Aleshores, s'adonà que feia fred.

No volia tornar a casa.

No suportava la seva mare. Només de sentir-li la veu, s'atabalava. No podia evitar-ho. Veure-li la cara li generava una tensió insuportable, però pitjor encara era sentir la seva veu estrident i carregosa.

Era una dona dolenta. Mai no li perdonaria el que havia fet en el passat. Hi havia coses molt difícils de perdonar i encara més d'oblidar. Aquella dona no es mereixia viure, havia demostrat tenir una crueltat sense límits. Havia deixat clar que no l'estimava.

Havien passat vuit anys i encara podia sentir les punxades de la pluja a la pell, la ferocitat del torrent d'aigua, els crits d'horror de la gent... Un munt d'imatges passaven ràpidament per les seves pupil·les, fins que una se li va fixar a la retina: dues mans a punt d'agafar-se enmig del torrent.

La foscor de la nit l'engolia. Els arbres l'envoltaven com soldats que impedien la seva fugida, i si cridava, esmorteirien la seva veu.

Caminava pel parc sense saber cap a on anar. No volia molestar la Sílvia. Gairebé sempre anava a casa seva quan tenia una discussió amb la mare i cada cop les seves visites havien estat més freqüents. Tot i que la Sílvia li havia dit que hi anés sempre que ho necessités, tampoc no volia abusar de la seva hospitalitat. D'altra banda, amb l'Esther i la Montse no tenia tanta confiança per presentar-s'hi a la nit sense avisar.

Va arribar a la caseta dels jardiners. Allà els empleats del parc guardaven les pales, els carretons i els estris que utilitzaven per podar i mantenir l'entorn en condicions.

De petita, sempre havia volgut saber què hi havia a dins. No ho havia aconseguit mai i per això s'havia imaginat que era la casa on vivien els jardiners de l'ajuntament.

Va continuar caminant.

El silenci regnava al parc. De sobte, la melodia del mòbil va trencar la nostàlgia del passat i va transportar-la novament al present. La pantalla mostrava una identitat oculta.

La Nahara va dubtar.

—Digui?

El silenci va imposar-se com a resposta.

—Hola?

No contestava ningú. L'empipaven molt aquest tipus de trucades, quan la persona no deia qui era.

—Mira, no sé qui ets, però vés-te'n a la merda!

I va penjar. Potser era una equivocació. Potser era algú que no havia bloquejat el mòbil i havia trucat sense voler. Tot i així, en dos dies havia rebut dues trucades d'un número desconegut. Massa coincidència per ser una equivocació.

Es decantava a pensar que alguna persona coneguda li estava fent una broma. Era l'explicació més raonable, tenint en compte que qualsevol altra interpretació era totalment absurda. I només una persona podia tenir una ment tan perversa i maquinadora per fer aquelles trucades: la Pitó. Tot i això, era incapaç de comprendre'n el propòsit.

No volia pensar-hi més; últimament estaven passant moltes coses i es trobava saturada de tants maldecaps.

Va deixar-se guiar per les seves passes. Sabia on anava. El seu inconscient havia determinat prèviament l'itinerari que seguiria.

Va passar a la vora d'un arbre baixet amb moltes branques que creixien gairebé arran de terra. De petita, quan jugava a fet i amagar amb els nens del barri, aquell arbre era la presó on anaven tots els que havien estat capturats.

Va continuar el camí. Encara no havia arribat, però hi era a prop. Va baixar per una rampa enrajolada que la conduïa a una clariana on hi havia un monument que uns alumnes d'arquitectura havien erigit anys enrere. Tothom coneixia aquell monument com el «cotxe hamburguesa», perquè es tractava d'un cotxe autèntic que havien col·locat damunt d'una gran pedra que feia de base i després hi havien posat una altra pedra a sobre.

Quants records li portava, aquell cotxe! Quan jugava a fet i amagar, era el seu lloc preferit. Els seus pares sempre li deien que no hi pugés perquè hi havia ferros amb què podia fer-se mal, però ella no els obeïa mai.

No havia anat al cotxe hamburguesa per casualitat. Una part incontrolable, el món dels seus records, l'havia portada allà sense entendre per què. En aquell cotxe hi havia la creu d'un mapa que havia dibuixat de petita.

Recordava aquella tarda amb set anys acabats de complir. El ressentiment dominava els seus pensaments. Es podia sentir el batec violent del cor. Podia tastar el gust salat de les llàgrimes. Havia cavat un forat profund amb una pala de platja al costat del cotxe i hi havia enterrat una petita capsa de fusta.

Va trepitjar el terra on vuit anys enrere havia enterrat aquella capsa. Recordava perfectament el que hi havia dins. Quan la va enterrar, no tenia la intenció de desenterrar-la mai, però sabia que potser arribaria un moment en què caldria fer-ho.

Tot i així, encara no era el moment. Continuava tenint la mateixa determinació que quan era petita, no pensava veure'n el contingut mai més.

La foscor es feia més densa en aquella clariana del parc. El cel s'havia tornat negre.

L'aire fred li raspava la pell.

Aleshores una gota li va impactar contra el braç. Va quedar-se immòbil en sentir aquell primer atac sorpresa.

Una altra gota va calcinar el seu front.

Va començar a respirar nerviosament.

Les cames se li havien convertit en dos pilars de pedra. Una altra gota. El pànic li impedia fugir i la foscor l'agafava pel coll perquè no pogués cridar.

De seguida, el cel va descarregar el torrent d'aigua que havia estat retenint. Milers de fletxes esmolades la van atacar.

Els records van ressorgir aleshores. Se sentia a ella mateixa demanant auxili mentre l'aigua l'arrossegava violentament. Empassava aigua i fang. S'enfonsava.

No s'adonava del present. La pluja la dessagnava. La foscor la constrenyia. Gairebé no podia respirar. Havia de fugir, però les cames seguien immòbils. Era presonera del passat.

Els seus crits s'unien amb els crits esgarrifosos d'altres persones. Alguns havien pujat als arbres, d'altres nedaven buscant refugi. També n'hi havia que flotaven a l'aigua en silenci. No podia obrir els ulls. Sentia que el pare la cridava. El podia sentir malgrat el so ensordidor del corrent.

Al parc, la pluja va fer-se més intensa. La Nahara desapareixia en una taca negra devorada per la foscor. Les cames no li responien i va caure de genolls a terra.

—Socors! —li ressonava al cap—. Pare!

El seu pare nedava cap a ella. Li estenia el braç. Era molt a prop. Les seves mans s'estaven a punt de tocar. L'agitació de l'aigua els impedia veure's. La Nahara allargava la mà tant com podia cap a ell fins que es van tocar un instant.

—Pare! No em deixis!

Just quan més a prop es tenien, la foscor va engolir el seu pare i el va confinar a un món de tenebres.

—Vull venir amb tu! —va cridar, estirada a terra amb el cap cot—. No em deixis sola!

Els crits van convertir-se en laments. Sentia a l'esquena els cops de milers de fletxes.

—No em deixis sola!

10

—Encara no entenc com vas poder dormir al parc.

—Sílvia, no m'atabalis.

—És molt fort, tia. Estirada en un banc, com una indigent. Per què no vas venir a casa?

—No volia preocupar-te.

—Doncs sí que m'has preocupat, i molt. Ahir la teva mare em va trucar tres vegades preguntant per tu. Es pensava que series amb mi, que era el més lògic. Per això em vaig començar a preocupar. Per què no m'agafaves el mòbil?

—No ho sé, Sílvia.

—No he dormit gens aquesta nit. No tenia ni idea d'on t'havies ficat. I ara em dius que has dormit a la intempèrie tota la nit mentre plovia de valent.

La Sílvia va percebre com una esgarrifança violenta sacsejava la seva amiga.

—No em diguis que... t'ha tornat a passar? —preguntà preocupada, oblidant el seu empipament.

La Nahara va restar en silenci.

Caminaven cap a l'institut. Aquell matí, la Nahara havia anat a casa de la Sílvia per canviar-se de roba. Després de dormir tota la nit al parc, la imatge amb què s'havia presentat era lamentable: els ulls ennegrits pel llapis d'ulls, els cabells encrespats i un rostre pàl·lid com un difunt. La Sílvia li havia deixat roba perquè tot el que portava estava moll.

—T'ha tornat a passar!

La Nahara era incapaç de mirar-la als ulls.

—El què ha tornat a passar? —es va sentir darrere seu.

En Marc. Només podia ser ell, el tafaner de la classe.

—Res que t'importi —el tallà la Sílvia.

—Segur que m'importa —assegurà mirant la Nahara—. Et trobes bé?

—Toca el dos, imbècil —contestà ella.

En Marc va somriure satisfet.

—Força bé, sí.

—Per què sempre has d'estar al meu voltant? —li recriminà la Nahara amb una veu profunda i esquinçada.

—Perquè mai no em canso de sentir-te. Vinga, fins ara.

Va avançar-les amb un somriure feliç.

—No té remei —comentà la Sílvia posant els ulls en blanc—. Bé, tornant el que dèiem: m'has de trucar quan et torni a passar. No pots quedar-te parada com un estaquirot.

La Nahara tenia una mirada buida i inexpressiva, una mirada sense brillantor, acostumada a visualitzar un passat terrible.

—No podré superar-ho —expressà en un xiuxiueig—. Ha estat horrible.

La Sílvia va abraçar-la.

—Recorda que ets una noia forta i que pots superar el que et proposis, entesos?

Tenia una veu com la mel, capaç d'endolcir els seus sentiments més amargs.

Durant les tres primeres hores de classe, la Nahara va tenir la ment absent. Encara revivia l'angoixa i el patiment que l'havien assetjada aquella nit, l'horror de sentir com la foscor la fagocitava i la pluja li clavava els seus punyals.

—Nahara, vine! —li va demanar la Sílvia a l'hora del pati.

Totes dues van seure en un banc allunyat. La Sílvia mostrava una gran preocupació al rostre.

—Nahara, explica'm exactament per què te'n vas de casa.

—Un altre cop? —rondinà—. Ja t'ho he dit!

—Sí, em sé la història de sempre, que no suportes la teva mare perquè és molt estricta i tot això, però vull saber per què te'n vas anar.

La Nahara rebufà. Recuperava el seu caràcter irritable i esquerp de sempre, però no volia projectar la seva ira cap a la Sílvia.

—Vam discutir. N'estic farta.

—Però no pots anar-te'n de casa cada vegada que discuteixis amb ella.

La Nahara feia cercles a terra amb un pal.

—No penso tornar, Sílvia.

—Ho dius ara que estàs enfadada, però on vols anar amb quinze anys? El millor que pots fer és tornar avui mateix, la teva mare encara no sap res de tu. Deu estar a punt de tenir un infart.

La Nahara va trencar el pal.

—M'és igual, la meva mare! Ella té la culpa de tot.

Volia plorar de ràbia, però no podia. Tenia els ulls cansats de vessar tantes llàgrimes.

La Sílvia va fer que s'estirés al banc i recolzés el cap sobre les seves cames.

—La teva mare no en té la culpa.

—Per què sempre la defenses? —va protestar amb una veu entretallada.

La Sílvia va meditar la resposta. Sabia que potser no era el moment més idoni, però volia ser sincera.

—Perquè sóc objectiva i no em deixo emportar per l'odi, com tu.

La Nahara s'incorporà. A la mirada s'hi reflectia la foscor d'un interior ple de rancor.

—Tu no la coneixes realment. És una bruixa.

Després del pati, tocava geografia amb en Pep. Era un noi jove i insegur que feia la substitució d'una professora. Per això, alguns alumnes s'aprofitaven de la seva inexperiència i el tractaven amb massa confiança.

—Bon dia! —saludà en entrar a l'aula.

—Hola Pep!

—Véns molt content avui! —observà l'Ahmed, divertit—. Fumes bona herba, oi?

En Pep va envermellir a l'instant.

—No diguis animalades. Quines confiances són aquestes?

—Home, tu i jo som amics...

Fent veure que no havia sentit res, va obrir el llibre de geografia per la lliçó que tocava aquell dia.

—Vinga, silenci! Seieu!

Els alumnes van obeir amb renecs. En Pep feia unes classes insuportablement avorrides i ningú no tenia cap ganes de començar.

—Avui continuarem parlant de demografia. Obriu el llibre per la pàgina on ens vam quedar ahir. I vull silenci, val?

El professor tenia la mania de repetir sempre la mateixa paraula al final de cada frase.

—Com vam explicar l'altre dia, les piràmides de població serveixen per fer-se una idea de la gent que hi ha en un lloc, val?

—Aquest tio em desespera amb el *val* —va murmurar la Nahara.

—Sembla un disc ratllat —corroborà la Sílvia—. Segur que durant la classe diu *val* més de cent vegades. Què t'hi jugues?

La Nahara va somriure.

—Comptem-les.

La picardia es va dibuixar en el seu rostre.

—En arribar a cent, aplaudim tots.

Sense esperar més, la Nahara va escriure una nota a l'Ahmed explicant-li la idea. D'aquesta manera, segur que la iniciativa s'escampava ràpidament.

En llegir la nota, l'Ahmed es girà amb un somriure de complicitat i de seguida comentà la proposta als companys que tenia més a prop. La notícia va córrer com la pólvora mentre en Pep continuava explicant les piràmides de població sense desenganxar-se del llibre.

—...les barres de cada franja d'edat estan calculades en tants per cent. Per això, el primer que hem de fer és calcular els percentatges. Val?

En aquell moment, s'aturà i observà la classe per damunt de la muntura de les ulleres. Tothom estava molt atent a les explicacions i això no era pas habitual, ja que quan explicava la lliçó acostumava a haver-hi molt de xivarri. Percebia que passava alguna cosa; observava un somriure entremaliat en alguns alumnes i una atenció fora de l'habitual en altres.

—Ho enteneu? —va preguntar, estranyat.

No va haver-hi resposta. Tothom volia que continués explicant sense interrompre la classe. Hi havia una gran expectació per comptar totes les vegades que en Pep es repetia.

Cada vegada que arribava a una desena, la Nahara tossia dissimuladament perquè els seus companys no es descomptessin i portessin el mateix càlcul.

Durant tota l'hora, el professor va treballar la matèria amb la gran novetat de tenir un alumnat atent a les seves explicacions. No sabia, però, que tots els alumnes portaven un comptador mental que només detectava una paraula de totes les que deia.

Cap al final de la classe, tothom estava expectant. Havia pronunciat noranta-vuit vegades la famosa paraula. Només en quedaven dues. El timbre estava a punt de sonar i ningú no volia marxar sense haver aplaudit.

—Bé, abans que soni el timbre, fareu un treball en grup de demografia. Val?

Noranta-nou. Tots havien ajuntat les mans.

—Haureu de fer grups de quatre persones. Vull que em presenteu una piràmide de població de la gent del poble i que redacteu unes conclusions, com hem explicat avui.

El so del timbre va retronar per tot l'institut.

Ningú no va moure's. Tothom observava en Pep esperant perquè continués parlant. Només calia que pronunciés la paraula una vegada més.

El professor no podia creure's el silenci que hi havia a classe. Va contemplar, atònit, els trenta alumnes que el miraven amb una inusual atenció.

—Que teniu cap dubte? —va preguntar fent-se'n creus.

Ningú no va contestar. No es va sentir cap protesta.

—Bé, doncs, feu vosaltres mateixos els grups —va dir, recollint la cartera.

—Pep, per què no ens expliques com hem de fer el treball? —intervingué la Sílvia per fer-lo parlar.

En Pep va arrufar el nas.

—He estat tota la classe explicant el que hi ha de sortir —va afirmar, enutjat—. Crec que he estat clar.

—T'expliques molt bé, Pep —va dir-li l'Ahmed—. Ets el meu profe preferit.

—No siguis pilota —el reprengué, tot vermell—. Vinga, que vagi bé.

—Pep, espera, espera —va intervenir l'Oriol.

El professor va esbufegar.

—Què tens tu ara?

—Doncs... el treball el podem fer amb qui vulguem? —va improvisar.

—Ja us he dit que sí! —contestà esbufegant—. Avui teniu un interès especial per la demografia, pel que veig.

—Ens encanta —saltà l'Ahmed, irònic.

En Pep va sospirar amb paciència.

—Adéu, que faig tard.

Tothom va mirar la Nahara a la desesperada. Sempre ella tenia els últims recursos per a tot.

—I quantes pàgines ha de tenir el treball? —preguntà amb espontaneïtat.

—Unes deu pàgines, com tots els treballs.

—Au va, Pep, com vols que omplim deu pàgines?

—D'acord, si no arribeu a deu pàgines, no passa res. Avui us heu portat força bé. Espero que a partir d'ara continueu així d'atents a la meva classe, val?

Els aplaudiments i els cops de peu a terra van fer tremolar tot l'institut. Els nois i noies van expulsar tota la tensió que havien acumulat durant aquella hora com un grup de goril·les en zel. En Pep va sortir de classe en estat de xoc.

11

—Hola, endavant.

L'Ahmed i l'Oriol van entrar al rebedor. La Nahara i la Sílvia feia mitja hora que els esperaven.

—Què passa amb vosaltres! Fa una bona estona que us esperem!

—Que esteu soles? —preguntà l'Oriol.

—Sí, la meva mare arriba de treballar cap a les set —contestà la Nahara.

Encara no l'havia vista en tot el dia perquè havia dinat amb la Sílvia. Havia estat una bona idea quedar per fer el treball de geografia a casa seva, perquè la trobada no seria tan incòmoda quan arribés la mare de la feina.

Van anar a l'habitació de la Nahara. El primer que va cridar l'atenció dels nois va ser el seu armari ple de fotografies.

Hi havia fotografies de la família, de les seves amigues i de la gent de la classe. La Nahara sempre penjava fotografies i les renovava constantment, tot i que deixava les que més li agradaven.

—Aquesta és la millor! —va assenyalar l'Oriol—. Sortim molt bé.

Assenyalava una fotografia en què sortien la Nahara i ell agafats per l'espatlla durant una excursió.

—Jo sempre surto bé.

—És l'única foto en què apareixem tots dos sols. La millor.

—Com pots veure, jo li dono el mateix valor que a la resta. No et creguis especial...

L'Oriol va arquejar les celles, tot i que els seus ulls marrons brillaven perquè sabien alguna cosa que li havia passat inadvertida.

—Doncs per no creure'm especial, és curiós que surti a totes les fotos on hi ha nois de la classe.

La Nahara va arrufar el front. Va fer un cop d'ull a totes les fotografies. Les havia contemplades milers de vegades i mai no havia caigut en aquest detall. Era cert. N'hi havia moltes on sortia amb les seves amigues, però si apareixia algun noi, l'Oriol sempre hi era.

—Ui, ui. Jo no vull dir res, però això és més que amistat —insinuà l'Ahmed.

La Nahara no es deixà intimidar.

—M'agrada que hi surtis. Ets una bona diana per ferhi punteria amb els dards.

L'Oriol coneixia el seu joc.

—I tant. Jo sóc premi segur.

—I qui ha dit que estigui interessada en el premi?

—No trobaràs cap premi millor.

—Ja ho veuríem —el qüestionà, escèptica—. Jo no em faria il·lusions tan sols per sortir a un grapat de fotos...

—En realitat, més que sortir a les fotos m'agradaria sortir amb tu —va reconèixer l'Oriol fixant la mirada als seus llavis.

—Això és una declaració d'amor en tota regla! —s'esverà l'Ahmed, entusiasmat—. Si voleu, us deixem sols. O preferiu que us toquem el violí?

La Nahara s'havia enlairat en una bombolla de sabó durant uns instants. El comentari de l'Oriol l'havia sorprès i alhora li havia deixat un regust dolç. Encara que tots dos parlaven en broma, tenia la intuïció que l'Oriol anava més enllà. Volia conèixer la seva reacció i percebre si tenia cap possibilitat amb ella; potser volia saber si valia la pena arriscar-se i declarar-se formalment perquè, és clar, ell tenia una reputació i no podria suportar que una noia es negués a sortir amb ell.

La Nahara havia de contestar alguna cosa. La seva indecisió podria interpretar-se com un sí; per tant, havia de deixar clar que no volia res amb ell. Va utilitzar la seva tàctica.

—Molts intenten sortir amb mi, però jo sóc un premi massa bo.

La Sílvia es va adonar de les mirades de complicitat entre ells. Volia tallar la conversa, sabia que tots dos podrien jugar eternament al joc del gat i el gos.

—Vinga, nois. Ens hem d'afanyar amb el treball si no volem que ens toquin les campanes de Cap d'Any.

Després d'una hora de feina, estaven tots extenuats. No podien pensar més i el cervell els estava a punt d'esclatar.

—Fem un descans —proposà la Nahara—. Prepararé el berenar.

—T'acompanyo i el preparem juntes —es va oferir la Sílvia.

Els nois es van quedar sols mentre elles anaven a la cuina. Durant una estona cap dels dos no va dir res, fins que l'Ahmed va trencar el gel.

—Tio, avui t'has lluït. Més directe, impossible.

L'Oriol va dibuixar un somriure tan expressiu que no calia dir res més.

Van estar una estona callats. L'Ahmed s'aixecà i començà a xafardejar les fotos de l'armari. Aleshores es va fixar que un calaix de la tauleta de nit era obert. Quan s'hi acostà, va entreveure la fotografia que hi havia a dins.

La curiositat el va portar a obrir més el calaix. Sabia que no ho havia de fer, però no podia contenir-se.

Li va cridar l'atenció que la fotografia estigués estripada; en realitat, només era mitja fotografia. La va observar detingudament una estona. Era una fotografia d'anys enrere.

L'Oriol va sentir curiositat en veure l'interès del seu amic i va acostar-s'hi per mirar-la. A la fotografia apareixia un home d'uns trenta-cinc anys amb una nena al davant i el paisatge d'una muntanya al fons. Tots dos anaven vestits amb roba esportiva i l'home duia uns prismàtics penjats al coll. El sol els tocava de cara i la nena s'havia posat una mà fent visera per poder mirar a l'objectiu.

L'Oriol i l'Ahmed van reconèixer la nena sense dubtar: la Nahara. Tenia les mateixes faccions que de petita, només s'havia estilitzat amb el pas del temps, però ja aleshores tenia un atractiu especial. Per associació, l'home devia ser el seu pare. Tots dos sortien molt somrients. A la Nahara li faltava una dent, però tot i així tenia un somriure bonic i entremaliat. A la fotografia sencera, hi devien sortir més persones, perquè havia estat estripada just pel mig.

—Per què l'heu agafat?

La veu de la Nahara era contundent.

L'Ahmed i l'Oriol no van ser capaços de parlar.

La Nahara va agafar la fotografia d'una revolada. La

Sílvia s'havia quedat al llindar de la porta amb la safata del berenar.

—Per què està estripada? —preguntà l'Oriol.

La Nahara no va contestar de seguida. No hi havia respostes fàcils, sobretot les que estaven relacionades amb el seu passat.

—Perquè només en aquest tros surt la gent que m'importa —declarà amb la mirada perduda.

Tocava un tema que no volia tractar, un tema ple de records punyents.

La Sílvia va observar la reacció de la seva amiga. Coneixia la història i no sabia si desviar el tema. Va esperar.

—És el teu pare, oi? —preguntà delicadament l'Ahmed.

La Nahara va sospirar mentre els records emergien a borbolls.

Tothom la coneixia com una noia extravertida i transparent. Gairebé era una celebritat a l'institut i acostumava a ser el centre de totes les converses. Malgrat tot, pel que feia als temes relacionats amb el seu passat, era una gran desconeguda. Molt poca gent coneixia els seus antecedents, només els que havien anat amb ella a primària.

—Sí, és el meu pare —va confirmar.

—Us assembleu molt a la foto. Tu gairebé no has canviat gens.

Els ulls de la Nahara titil·laven.

—No sóc jo —va revelar.

L'Oriol i l'Ahmed es van interrogar amb la mirada, però van preferir no destorbar la Nahara amb preguntes incòmodes.

Ella sabia que no podia lamentar-se tota la vida del

que havia perdut. Tot i així, estava cansada de plorar en silenci, estava cansada d'obviar el que havia passat. No podia amagar la seva tristesa només per no deixar de ser la noia optimista i forta que tothom coneixia.

—Es deia Laura —explicà—, la meva germana bessona.

Era la primera vegada que pronunciava el seu nom davant d'algú.

—Mai no ens n'havies parlat, d'ella —apuntà l'Oriol.

De cop i volta, la Nahara sentia la necessitat d'explicar tot el que havia passat anys enrere. Aleshores podrien comprendre moltes coses. La Sílvia coneixia tots els seus fantasmes interiors, però quan estaven juntes mai no en parlaven.

—Va morir —pronuncià amb el cor pres—. Va morir ofegada.

Volia continuar. Havia arribat el moment d'exterioritzar els seus sentiments, però no li sortien les paraules. La llengua li oposava resistència i entrebancava els seus intents de parlar. Alhora, milers d'imatges la bombardejaven. L'única manera d'expulsar-les era a través de les paraules.

—Els meus pares, la Laura i jo havíem anat de càmping a Osca —començà a explicar—. No em recordo gaire del càmping. Només recordo que hi havia moltes muntanyes al voltant i que el càmping era en una vall.

Havia aconseguit superar tots els seus obstacles interns i ara les paraules li fluïen soles.

—La Laura i jo teníem set anys. Dormíem en una caravana que els nostres pares havien llogat. Els primers dies va fer sol. En aquesta foto sortíem els meus pares, la

Laura i jo abans de la tempesta. Quan encara érem quatre.

Subjectava la fotografia amb totes dues mans. Les llàgrimes començaven a brillar als seus ulls desconsolats.

No volia plorar. Encara no.

Va fer un esforç per controlar uns sentiments que havien estat reprimits molt de temps.

—Una tarda va començar a ploure. Al càmping, tothom es va refugiar a les tendes i a les caravanes esperant que amainés. Nosaltres també vam quedar-nos a la caravana. Mai no he vist ploure tan fort. Es formaven bassals d'aigua cada vegada més grans a terra. El càmping s'estava inundant. De cop i volta, una riuada va sacsejar la caravana. Hi va començar a entrar aigua i el pare va dir que pugéssim al sostre de la caravana amb els impermeables. El càmping estava al mig de la desembocadura d'un torrent i l'aigua baixava amb molta força.

»Després va venir una onada gegant de fang, pedres i arbres que s'ho enduia tot. Molta gent havia caigut a l'aigua i la riuada se'ls emportava corrent avall. Sentia els crits de la gent. Sempre recordaré quan vaig veure el cos d'una dona flotant a l'aigua, riu avall. La riuada també s'emportava els cotxes. Nosaltres no sabíem què passaria amb la caravana, si podria aguantar o no. Molts altres també havien pujat dalt les caravanes i n'hi havia que s'havien enfilat als arbres. Res no era segur. El meu pare estava ajudant un home a pujar amb nosaltres quan jo vaig caure a l'aigua.

»La riuada se'm va emportar amb força. Em pensava que em moria. Empassava molta aigua. No podia obrir els ulls. Havia après a nedar aquell estiu, però totes les meves forces no servien de res. El meu pare es va llançar a l'aigua per rescatar-me. Jo el cridava tan fort com podia perquè em sentís. El tenia a prop. Ell em va estendre el braç mentre també cridava el meu nom. La pluja m'impedia veure'l, però tenia la confiança que em salvaria. Vaig nedar a contracorrent allargant la mà. El meu pare continuava estenent el seu braç molt a prop. Els nostres dits es van tocar uns instants, però jo m'ofegava, em faltava l'aire. I l'aigua se'm va emportar.

»No podia nedar més. Vaig aconseguir agafar-me a la branca d'un arbre i vaig enfilar-m'hi.

»El torrent s'enduia el meu pare corrent avall. Intentava nedar a contracorrent perquè no sabia res de mi. Continuava cridant el meu nom i buscant-me desesperadament a l'aigua. Jo el vaig cridar des de l'arbre. La pluja m'estava deixant afònica i no sabia si m'havia sentit o si jo havia estat incapaç de cridar. Era horrible. El cap em feia mal i gairebé no podia obrir els ulls. Escopia cada dos per tres l'aigua de la pluja, però continuava cridant. Al final el pare em va veure i va poder comprovar que estava en lloc segur. Llavors va somriure. Recordo perfectament que va somriure. Va intentar nedar cap a mi, però la força del torrent era molt forta. L'arbre on era trontollava i les mans em relliscaven de la branca.

»Estava morta de por. El meu pare no aconseguia arribar a l'arbre. L'aigua se l'enduia.

»El cridava ben fort entre llàgrimes. El meu pare tenia els ulls fixos en mi mentre continuava nedant cap a l'arbre. L'aigua, però, l'allunyava cada cop més.

»El torrent se'l va emportar riu avall. En aquell moment vaig ser conscient que no el tornaria a veure mai més.

La Nahara va fer una pausa. Havia estat capaç d'explicar la història sense vessar cap llàgrima. El seu relat havia emocionat els seus oients i tots tres miraven cap a terra perquè els ànims se'ls havien ensorrat.

—No sé quant de temps vaig estar en aquell arbre. Per a mi, van ser segles. L'aigua arrossegava més gent. Alguns ja eren morts. Sentia crits d'auxili, crits d'angoixa de la gent. Era una sensació horrorosa, no podia veure d'on venien els crits, però encara els puc sentir com si fos ahir.

»Després va deixar de ploure. La riuada havia passat i gairebé no baixava aigua. Jo encara era dalt de l'arbre. No sabia res de la meva mare ni de la Laura, no sabia si eren vives o mortes.

»Un senyor em va ajudar a baixar de l'arbre. La gent continuava cridant i plorant desconsoladament mentre buscava la seva família. Aquell senyor em va dir que ja havia passat tot i que havia estat una nena molt valenta. Llavors vaig començar a plorar.

La veu de la Nahara es va tornar aspra.

—Vaig trobar la meva mare. No m'hi vaig apropar. Volia saber on era la Laura i em va dir que se l'havia emportat la riuada. No podia parar de plorar. La riuada s'havia emportat el meu pare i la Laura. Els qui s'enduia no tornaven.

La Sílvia no pogué contenir-se i començà a plorar desconsoladament. L'Oriol i l'Ahmed s'havien quedat destrossats. Estaven escoltant un relat esfereïdor.

—Més tard, els bombers van trobar els cossos del meu pare i la meva germana entre el fang, igual que la resta dels morts. Van morir gairebé cent persones.

La Nahara es va desfer en llàgrimes. La seva amiga va abraçar-la una llarga estona.

Havia aguantat fins al final i havia exterioritzat tot aquell dolor que la corroïa per dins. Finalment, s'havia alliberat de la condemna de reviure el seu passat en solitud.

12

—Com se t'acut anar-te'n de casa?

—Perquè estic farta de tu.

—Nahara, mentre siguis menor d'edat has de viure aquí. On has dormit?

—He dormit bé.

—Però, on?

—Vols deixar-me en pau? —es revoltà—. No t'ho penso dir.

—M'has tingut molt preocupada. Si avui no haguessis vingut, pensava trucar a la policia.

—A la policia? —Va fer una riallada sarcàstica.— Au va, no em facis riure.

La Isabel havia arribat de l'oficina i s'havia trobat els tres companys de la Nahara a l'habitació. Per educació, havia esperat que se n'anessin per parlar amb la seva filla.

—No és normal que te'n vagis sense donar explicacions. —Va sospirar.— T'he demanat hora al metge.

—Però, què dius? —cridà, alterada.

La Isabel va tancar els ulls nerviosa. No sabia com dir-l'hi i temia la seva reacció, però havia de ser directa.

—No és el metge de capçalera, és un psicòleg.

La Nahara se'n feia creus.

—Què? —va exclamar—. Per què demanes hora sense el meu permís?

S'esperava aquella reacció i havia assajat com explicar-l'hi de la millor manera possible, però no li sortien les paraules.

—No penso anar-hi —s'avançà—. No estic boja.

—Molta gent de la teva edat va al psicòleg. No te n'has d'avergonyir. Ell et pot ajudar a millorar la teva actitud.

—Vés-hi tu! —va bramar—. Estic farta de les teves paranoies.

—Jo sí que estic farta de tu!

La Nahara va concentrar un terbolí d'odi als ulls.

Enardida de ràbia, es dirigí a la seva habitació i començà a treure la roba de l'armari i a ficar-la en una motxilla.

—Nahara, què estàs fent? No deus estar pensant a marxar un altre cop?

No va contestar.

—No pots anar-te'n de casa. T'agradi o no, legalment estàs sota la meva responsabilitat i has de viure aquí.

La Nahara ficava samarretes, pantalons i roba interior a la motxilla amb ferma determinació. La veu de la Isabel li feia ficar la roba amb més ràbia i violència. En acabar, va sortir de l'habitació clavant una empenta a la seva mare.

—Vés amb compte! —expressà, amb el rostre desfet—. No et deixo marxar.

Mantenint el vot de silenci, la Nahara va entrar al lavabo i va ficar els seus productes d'higiene diària en un necesser.

La Isabel estava trasbalsada. La suor li envaïa el rostre. Observava la seva filla amb l'ai al cor i no sabia com actuar.

—Nahara, no vull tenir un disgust. No consento que te'n vagis un altre cop —va dir agafant-la del braç.

—Però, que fas pegant-me? —li recriminà mentre se'n desempallegava amb un moviment brusc—. Ara mateix aniré a la policia i et denunciaré.

—T'hauria de denunciar jo a tu! —replicà la Isabel feta un feix de nervis—. He dit que no sortiràs de casa.

—I tant que sí.

La Nahara va agafar la motxilla i es va dirigir cap a la porta, tota decidida. La Isabel va esgotar l'últim recurs que li quedava. Es va avançar i es va plantar davant la porta.

—No et deixo sortir —reiterà amb la respiració accelerada.

La Nahara l'observà amb un somriure enverinat als llavis.

—Què fas?

Eren a pocs centímetres l'una de l'altra. La Isabel se sentia assetjada. La seva filla constituïa una força asfixiant que la feia agonitzar.

—Deixa'm sortir —va avisar.

Esbufegava nerviosa. Tenia els punys closos.

La Isabel sentia que la situació se li escapava de les mans. Mai no hauria imaginat que arribaria fins a aquell punt.

—No vull que surtis de casa. Ja t'ho he dit abans.

La Nahara no podia suportar l'actitud histèrica de la seva mare. La treia de polleguera. Volia marxar. Encara que no tenia ni casa ni una destinació fixes, no volia viure amb ella mai més. Era una enemiga malvada que l'empresonava perquè no visqués lliure i feliç.

Sentia com li tornava a bullir la sang.

—T'he dit que em deixis sortir! Tu no ets la meva mare i no tens dret a impedir-me marxar. Deixa'm sortir.

La Isabel no podia acovardir-se. El més fàcil seria cedir a les seves ordres, però estava cansada que la seva filla li anul·lés l'autoritat.

—Com pots dir això? Qui t'ha criat i t'ha donat tot el que has necessitat?

La Nahara va tapar-se les orelles. No volia escoltar-la.

—Deixa'm en pau! T'odio!

—I què he fet jo perquè m'odiïs?

La Nahara tancava el puny amb ràbia i tenia els ulls fora de les òrbites. La Isabel temia per la seva vida.

—Ho saps molt bé.

—No t'he fet res.

—Mentidera! —va cridar, histèrica.

La Isabel va comprovar amb horror com la seva filla li aixecava el puny.

—Deixa'm sortir!

Se sentia totalment desprotegida. Semblava un dimoni. No tenia altra opció que enretirar-se.

La Nahara va obrir la porta desesperada i va marxar donant un cop de porta monumental.

El silenci va absorbir l'ambient impregnat de tensió.

La Isabel, desconsolada, va entrar a la cuina. Un cop més, aquelles quatre parets eren l'únic testimoni de les llàgrimes que lliscaven pel seu rostre, un camí prou conegut.

Un disgust més. Havia consumit una altra porció de la seva vida. Hi havia de fer alguna cosa. Havia d'anar a la policia. Potser era massa aviat, ja que la Nahara era una noia molt impulsiva, però no podia quedar-se de braços plegats.

Mai no havia entès el seu comportament. Ella sempre s'havia esforçat per ser una bona mare i donar-li tot el que havia necessitat. Tot i així, la relació amb ella mai no havia estat normal des del fatídic dia de la inundació. Havien passat de ser una família de quatre membres a una família de dues persones gairebé desconegudes.

La Nahara no l'havia perdonat mai i des d'aquell estiu deia que no tenia mare.

Quan va arribar a l'adolescència, les coses es van complicar. Va començar el període rebel i agressiu, amb episodis tan lamentables com el de feia uns minuts.

La Isabel no tenia un sol instant de tranquil·litat quan la seva filla era a casa. Havia de mesurar les seves paraules i anar amb molt de compte amb la manera de parlar-hi; la Nahara tenia un caràcter molt difícil i quan li venien aquells atacs d'histèria i ansietat, se sentia com una presa indefensa davant d'una fera indomable.

13

—Vull denunciar-la.

—Com vols denunciar la teva mare?

—Però has vist la marca que m'ha fet? Tinc tot el braç vermell. M'ha clavat les ungles i tot.

—No siguis tan dramàtica.

—Sílvia, visc amb una bruixa. És una dona horrible que de seguida es posa histèrica i no sap controlar-se. Deu ser esquizofrènica, perquè li he dit que volia sortir a donar un tomb i se m'ha col·locat davant la porta perquè no pogués sortís. Et semblen normals, aquestes paranoies mentals?

—No ho sé.

—I s'ha posat nerviosa i m'ha agafat fort del braç. Això no pot ser. Avui m'ha agafat del braç però potser un altre dia m'agafarà del coll. Aquesta dona està fatal dels nervis, t'ho dic de debò.

—Les vegades que he parlat amb ella m'ha semblat una bona dona...

—Tia, no em creus? Anem a la comissaria de policia.

La Sílvia va callar. Totes dues estaven assegudes en un banc del carrer.

—La comissaria de policia? —repetí una veu coneguda—. En quin embolic t'has ficat?

La Nahara va maleir la seva sort.

—Marc, et dono tres segons perquè t'esfumis.

—O si no què em faràs? —volgué saber divertit.

—Faré que t'oblidis de ser pare.

—Oh! Llavors haurem d'adoptar un nen, tu i jo...

—Tio, tens un problema greu. Jo m'ho faria mirar. No és normal que sempre te m'apareguis a totes hores.

En Marc continuava allà, amb un somriure als llavis. Era un noi que no es donava per vençut malgrat el to cruel de la Nahara quan hi parlava.

—Mai no em cansaré de sentir-te.

La Nahara va fer un senyal a la Sílvia perquè se n'anessin i totes dues es van aixecar.

—Ei, noies, espereu! En realitat us venia a dir que tothom és a la plaça. Estan jugant un partit de bàsquet.

El van deixar enrere.

—Quin tio més pesat, però és bona idea anar a la plaça. Avui l'Oriol no entrena, segur que hi és jugant.

—Vull anar a la comissaria.

—Ets tossuda com una mula. Anem a la plaça a distreure'ns. Després ho veuràs tot d'un altre color.

Gairebé era de nit. Els focus de la plaça il·luminaven la pista de bàsquet. Tal com havia predit la Sílvia, l'Oriol hi era jugant amb els seus amics. Hi havia molta gent d'altres classes a la pista, jugant o fent d'espectadors. La Nahara de seguida va localitzar l'Ahmed, l'Esther, la Montse, la Pitó i les Vironeres...

L'Esther i la Montse s'hi van acostar a rebre-les.

—Nahara, l'Uri ens ha preguntat per tu —li va comunicar l'Esther.

—Tota la tarda que està pendent de si véns.

—Mira, ara s'acosta.

L'Oriol havia aturat el partit i venia tot suat a saludar-les.

—Hola noies! Us apunteu al partit?

—El bàsquet no em va, gràcies —descartà la Sílvia.

—A nosaltres tampoc —declararen l'Esther i la Montse.

—I tu, Nahara?

—Passo de suar a aquestes hores.

—No se sua tant.

—T'hauries de veure.

L'Oriol va agitar la samarreta dels Lakers que portava perquè s'airegés. Realment estava molt suat, ja que havia estat jugant tota la tarda.

—Jo em moc molt —va reconèixer—, però, tranquil·la, si tu juguessis contra mi no tindries temps de fer res.

—Continua somiant, maco. Saps que et guanyaria.

L'Oriol va intentar-ho una última vegada.

—Si no jugues, mai no sabrem qui té raó.

—No vull desil·lusionar-te tan aviat.

En aquell moment, la Pitó, que havia sentit la conversa, va acostar-s'hi.

—Jo sí que jugaré.

L'Oriol no havia comptat amb ella, però va estar-hi d'acord.

La Nahara va contemplar com la Pitó i l'Oriol s'afegien a l'equip i es reprenia el partit.

Què pretenia, aquella harpia? Captar l'atenció de l'Oriol? Sí que n'era, d'ingènua. L'Oriol mai no es fixaria en ella, podia apuntar molt més alt.

A la primera jugada, l'Oriol va passar la pilota a la

Pitó, ella va obrir-se pas fent un parell de fintes als seus contrincants i, en arribar a prop de la zona, va tornar la pilota a l'Oriol, que va encistellar. Dos punts.

Xocaren de mans. Se'ls veia molt ben compenetrats.

La Nahara els observava, tensa. Com era possible que l'Oriol i la Pitó estiguessin tan ben compenetrats? A classe gairebé mai no parlaven i els seus caràcters no eren gens compatibles, però qualsevol que els veiés diria que eren amics de tota la vida. O potser alguna cosa més. No podia suportar aquesta idea. Mai no li havia importat el que l'Oriol fes o deixés de fer, però no podia concebre que estigués amb la Pitó. S'hauria rebaixat massa.

La Pitó va fer un tap al contrari, va recuperar la pilota i va passar-la a l'Oriol. Que no hi havia més companys?

Potser n'estava fent un gra massa. Només eren companys d'equip i prou. No n'hi havia per a tant, però no li agradava veure'ls junts.

Així doncs, seguint un impuls purament irracional, va acostar-se a la pista.

—Jo també jugo —anuncià, decidida.

L'Oriol va mirar-la complagut. La Pitó va mostrar una total indiferència.

—Ara no t'importa suar, pel que veig.

—Vull que s'acabi el teu temps de glòria.

—Ben dit, Nahara —l'elogià l'Ahmed—. Jugues al nostre equip, doncs.

La Nahara era bona esportista i des del primer moment la tècnica i la coordinació del seu equip van millorar notablement. Jugava amb l'Ahmed i aviat es van entendre en les tàctiques d'atac i defensa. Tots dos eren molt ràpids i semblava que es llegien el pensament a cada jugada.

La Pitó i l'Oriol de seguida van notar la incorporació de la Nahara a l'equip contrari i no van tenir tantes oportunitats per dur a bon port les seves intencions. Tot i així, estaven molt concentrats i continuaven fent punts.

El partit estava molt igualat i la competitivitat entre tots dos equips augmentava per moments.

Tots eren conscients que qualsevol distracció podria significar la derrota. Hi havia molt en joc.

La tensió impregnava l'ambient. De fet, les converses de tots els que eren al voltant de la pista disminuïen mentre creixia l'expectació pel partit.

Estaven empatats constantment. Si un dels dos equips obtenia un lleuger avantatge, l'altre aconseguia remuntar amb gran habilitat.

La Nahara gaudia especialment quan li robava la pilota a l'Oriol. Volia tenir-lo ben controlat.

Una vegada, els seus cossos van topar quan l'Oriol la cobria. Ella va notar un formigueig pertot arreu en sentir el contacte del seu cos, que la va deixar esbalaïda durant uns segons, però de seguida va recuperar el ritme del partit.

Tots estaven donant el màxim. Els rostres suats, les boques seques o les respiracions descompassades evidenciaven l'extenuació de tots els jugadors. Malgrat que ningú no es queixava, el partit no podia perllongar-se gaire més.

Havien arribat a un empat.

—Fem punt de partit —anuncià l'Oriol—. L'equip que puntuï, guanya.

Arribava el moment culminant. Calia desfer l'empat entre dos equips molt igualats i que havien mostrat una gran exhibició de qualitat.

Tothom es va situar al seu camp. La Nahara i l'Oriol, en representació dels seus respectius equips, van posicionar-se al cercle central. Es van mirar amb concentració durant uns instants.

—Us dono l'oportunitat de retirar-vos —la provocà l'Oriol.

—Encara no hem guanyat.

Es va llançar la pilota enlaire i tots dos van saltar alhora.

La Nahara va ser més hàbil i va passar la pilota al seu equip. L'Ahmed va iniciar l'ofensiva, però inesperadament l'Oriol va robar-li la pilota i va liderar el contraatac. La Nahara veia perillar el triomf del seu equip i va experimentar una recàrrega d'energia sobrenatural per perseguir l'Oriol. Més que guanyar el partit, l'empenyia l'orgull personal.

En un temps rècord el va atrapar. Se li va posar al davant i va fer-li un bloqueig.

Ell no s'esperava la seva aparició i va ensopegar amb ella. Tots dos van caure a terra. L'Oriol va quedar damunt seu i amb els braços intentava mantenir la mínima distància perquè els seus cossos no es toquessin.

La Nahara va mirar-lo als ulls.

Va quedar captivada pels seus ulls de color de mel. En realitat, no li podia veure la cara perquè estava a contrallum, però va sentir un estrany magnetisme que la impel·lia a acostar-s'hi.

L'Oriol va observar els seus llavis. No va canviar de posició en cap moment. El seu cor bategava acceleradament. Les gotes de suor li regalimaven pel rostre. Els braços el sostenien amb fermesa, però els ulls van delatar les seves intencions.

Va doblegar lleugerament els colzes perquè els seus rostres estiguessin més propers. Els seus cossos estaven a punt de fregar-se.

La Nahara podia sentir el seu alè. Hauria volgut que el temps s'aturés per sempre i poder gaudir d'aquell moment. Havia interpretat perfectament la seva mirada. Podia descobrir el desig en els seus ulls profunds i dolços. Podia endevinar la passió en els seus llavis tendres i càlids.

L'Oriol respirava molt fort. El seu cor semblava que volgués extirpar-li el pit i unir-se al de la Nahara.

—Sabia que em posaries les coses difícils —digué l'Oriol.

«T'estimo», li declarà amb una mirada anhelant.

Els ulls de la Nahara van titil·lar com si fossin dues estrelles al cel. Els focus li esculpien un rostre suggeridor i atractiu.

—No podies pensar que tot era tan fàcil. Per això he jugat.

«Vull sentir-ho», l'instà.

El magnetisme entre tots dos cada vegada era més fort. Els braços de l'Oriol van tremolar imperceptiblement.

—Desitjaves jugar tant com jo.

«Si sents el mateix, fes-me un senyal perquè t'ho digui».

Una gota de suor va regalimar pel nas de l'Oriol. La Nahara l'hi va treure delicadament amb la mà i tot seguit va acariciar-li la galta amb un somriure perlat.

Els batecs de l'Oriol eren tan punyents que finalment va obrir el seu cor.

—T'estimo, Nahara. T'estimo des de fa molt temps.

La Nahara experimentava una efervescència interna i molts sentiments que fins ara tenia adormits van entrar en erupció. El seu cor i el de l'Oriol es van unir en un mateix compàs desenfrenat.

Eren al centre de la pista de bàsquet. Els focus els il·luminaven i tothom els observava amb expectació i en silenci.

Aleshores, el moment que tots esperaven, l'autèntic moment culminant del partit, va ser quan es van unir els llavis per segellar el seu primer petó.

14

La Isabel es trobava en una situació molt incòmoda. El policia que tenia davant era un home corpulent i amb una veu greu i autoritària.

—O sigui, vostè no ha vist la seva filla durant tot el cap de setmana, oi?

—Sí, divendres va ficar roba i quatre coses més en una motxilla i va dir que se n'anava de casa.

—I després vostè ha intentat trucar-li en diferents ocasions, però no ha pogut posar-s'hi en contacte.

La Isabel va assentir. Tenia un fort sentiment de culpabilitat. Sentia que no havia estat una bona mare i que per això la seva filla se n'havia anat de casa i no volia tenir res a veure amb ella.

—I li sembla que podria ser a casa d'una amiga, un familiar o un conegut? —va preguntar novament.

—He trucat a tota la família, però no en saben res. I les seves amigues tampoc.

El policia continuava escrivint els últims detalls al teclat de l'ordinador. L'home estava acostumat a aquest tipus de situacions. Fills rebels que se n'anaven de casa i que apareixien al cap d'uns dies.

—Si ella voluntàriament se'n va anar, per quins motius creu que ho va fer?

La Isabel va inspirar. No ho sabia. Realment no sabia

per què la seva filla tenia aquest tipus de reaccions. Odi? Frustració? Ressentiment?

—Bé, ella i jo mai no hem tingut... una bona relació.

Feia un gran esforç dient tot això. Era molt violent explicar els seus problemes de casa. El policia la mirava fixament, esperant que expliqués tot allò que tenia a dins i que no s'atrevia a expressar.

—Ha marxat, doncs, perquè no té una bona relació amb ella.

—Bé, la meva filla no estava còmoda a casa. Ella i jo discutíem sovint, ja sap...

El policia s'arronsà d'espatlles.

—Jo no sé res si vostè no m'ho explica. Per què discutien?

—Doncs per tot. Discutíem per la roba, pel dinar, pel seu comportament...

La Isabel va fer memòria, però no recordava res més. En realitat, les discussions sempre eren pels mateixos temes, havien caigut en un cercle viciós.

—O sigui, la seva filla se n'ha anat de casa perquè pensa que no té la llibertat de fer el que vulgui, oi?

—Sí, podríem dir que sí. Té un caràcter molt difícil i no li agrada que li diguin el que ha de fer.

—Però, accepta les regles?

—No. Es posa com una fera.

El policia va mirar-la amb compassió. Entenia perfectament el patiment d'aquella mare i podia llegir entre línies la realitat de la seva situació. Una mare maltractada. Era molt difícil que una mare reconegués que el seu fill la maltractava, però podia deduir-ho a partir de les seves explicacions i de l'experiència que tenia com a policia.

—Molt bé, doncs. Passo a formalitzar la denúncia. En el moment en què vostè la signi, els operatius policials ens posarem en marxa per buscar la seva filla.

—La trobaran aviat, oi que sí?

El policia li va donar un copet a l'espatlla per tranquil·litzar-la.

—No es preocupi. Molt sovint són ells mateixos els que decideixen per voluntat pròpia tornar a casa.

La Isabel va signar la denúncia de la desaparició. En el fons esperava que tard o d'hora tornés, però també contemplava la possibilitat que li hagués passat alguna cosa. Legalment, la Nahara estava sota la seva responsabilitat i tenia el deure de denunciar-ne la desaparició. Malgrat tot, era molt dur que la seva pròpia filla li demostrés tant menyspreu.

El policia es va aixecar del seient.

—Per a qualsevol cosa, estem a la seva disposició. No dubti de trucar-nos.

Es van donar la mà. El policia la mirava directament als ulls.

—No tingui por de venir.

En arribar a casa, la Isabel va mirar-se al mirall. Semblava deu anys més vella. Tantes preocupacions i tants disgustos li havien quedat marcats a la cara. Sobretot els ulls decaiguts i tristos evidenciaven l'infern que estava vivint. Ella no demanava ser feliç, no creia en la felicitat; només demanava estar tranquil·la i no tenir por de parlar amb la seva filla.

A la taula gran del menjador hi havia un gerro amb

margarides. Les tiges s'havien encorbat i totes les flors miraven cap avall. Semblaven flors tristes i deprimides.

La Isabel sovint comprava margarides, però no havia observat mai aquest fenomen. Tenia la sensació que els problemes de casa afectaven l'estat anímic de les flors. Quines coses de pensar! El més probable és que fos una qüestió d'il·luminació, així que hauria de col·locar el gerro en una altra banda. Va pensar que l'escriptori de la Nahara seria un bon lloc, ja que era gran i era al costat de la finestra.

Va entrar a l'habitació de la Nahara. Després de deixar el gerro, va observar una fotografia que la seva filla s'havia deixat damunt la tauleta de nit. La reconeixia. No li va sorprendre que estigués estripada per la meitat.

Recordava aquell dia. Havien arribat uns dies abans al càmping i gaudien com una família feliç de les vacances d'estiu. Encara no havien començat les pluges. Encara no havien mort l'Albert, el seu marit, ni la Laura.

Ella també recordava cada dia aquella terrible tarda en què va passar tot. Havia hagut de prendre la decisió més difícil de la seva vida, la decisió per la qual la Nahara no l'havia perdonat.

Ja era prou dolorós que hagués perdut un marit i una filla en una catàstrofe, però encara ho era més que la filla la turmentés cada dia de la seva vida des d'aleshores.

Va sentir com una allau de tristesa li queia a sobre. Necessitava dormir. Com a mínim, mentre dormia no pensava en els seus problemes ni tenia disgustos amb la Nahara.

Les manetes del rellotge baixaven com el tall d'una

guillotina. No podia conciliar el son. Cada segon que passava sentia que tenia més lluny la Nahara.

El soroll de la porta va despertar-la. Eren les nou de la nit. La Nahara va tossir, de manera que la Isabel de seguida va reconèixer que era ella. D'una banda, se sentia alleujada de saber que havia tornat a casa, però de l'altra, sabia que li havia de demanar explicacions i que això implicaria problemes.

La Nahara va dirigir-se a l'habitació.

La Isabel va pensar acuradament quines paraules faria servir per parlar amb ella. Va armar-se de valor i, quan creia que estava preparada, va aixecar-se del llit i va aturar-se a la porta de la seva habitació. Estava ajustada.

Temia la reacció que pogués tenir, però havia de prendre el paper que li pertocava. No podia consentir que la seva filla fes el que volgués mentre visqués amb ella.

Va inspirar fort per tranquil·litzar-se, parlar pausadament i no deixar-se emportar pels nervis.

—No m'has de dir res? —digué en obrir la porta.

La seva filla estava estirada al llit enviant un missatge pel mòbil.

—Hola! —va saludar-la amb total normalitat.

La Isabel no sabia per on començar. L'aparent tranquil·litat de la seva filla només era momentània. Va començar per la pregunta que considerava més important.

—On has estat aquest cap de setmana? M'has tingut molt preocupada.

—He estat bé —va contestar sense apartar la vista del mòbil.

—Però, on has estat? He trucat a tothom i ningú no sabia res de tu.

—I per què has de trucar a tothom?

La Isabel va tractar de relaxar-se, però la prepotència de la seva filla posava a prova la determinació que tenia.

—Perquè ets la meva filla i em preocupo per tu.

La Nahara va deixar anar una riallada provocadora.

—Segur.

—Bé, em vols dir on has estat?

—Deixa'm tranquil·la. No t'importa!

El to de veu que havia utilitzat ja era diferent, un to que fregava el límit entre la conversa i la discussió.

—Nahara, tinc tot el dret a saber...

En aquell moment, va sonar el mòbil de la Nahara.

Un altre cop, identitat oculta.

—Es pot saber qui ets? —contestà la Nahara ben irritada.

Un cop més, el silenci va ser l'única resposta.

—Ets un covard! Vés-te'n a la merda!

Tenia la intenció de penjar, però abans de fer-ho, la Isabel li va agafar el mòbil i el va posar a l'escriptori.

—Nahara, para atenció al que et dic!

—Però tu de què vas, agafant-me el mòbil? —s'hi encarà, insolent.

—T'he de dir que el que has fet està molt malament! No pots anar-te'n de casa cada vegada que et vingui de gust. Això no és un hotel, m'entens? Quan tinguis els divuit anys, fes el que vulguis, però de moment m'has d'obeir.

—No penso obeir-te. No ets la meva mare! Ets una malvada i una bruixa.

La Nahara adoptava el seu to prepotent i feridor tan característic.

—Nahara, no sé com pots dir aquestes coses. No hi tornem!

—Vés-te'n! No vull parlar amb tu!

—Ja n'hi ha prou —s'imposà la mare sense arribar a cridar—. Se m'està acabant la paciència. Jo sí que vull parlar amb tu. Tens una actitud que no m'agrada i m'has tingut molt preocupada aquests dies. He hagut d'anar a la policia.

—Que has anat a la policia? —repetí la Nahara, incrèdula—. Per què coi hi has anat?

—He hagut d'anar a denunciar la teva desaparició. No pots anar-te'n sense dir res. No m'agafaves el telèfon i no sabia si estaves bé o si t'havia passat alguna cosa.

—Però si et vaig dir que me n'anava de casa! —vociferà amb els ulls injectats de sang—. Per què has de ficar la policia en tot això? Mira que ets dolenta, dolenta, dolentíssima. Si el pare fos viu, s'hauria divorciat de tu.

—Si el pare fos viu, no consentiria que em parlessis així.

—Et parlo com et mereixes.

—Nahara, em mereixo un respecte perquè sóc la teva mare!

—No ets la meva mare! —reiterà, histèrica—. Tu no ets la meva mare!

Es va incorporar del llit. La Isabel va fer una passa enrere perquè la seva filla s'estava encenent massa.

—Volies que em morís el dia de la tempesta.

La pluja els foradava les orelles. La Laura i ella comprovaven espantades que la caravana balandrejava. Un tronc va envestir de sobte la caravana per sorpresa i totes dues van caure.

—Nahara, què dius ara?

—Dic la veritat! Tu no m'estimaves, preferies la Laura.

Totes dues penjaven de la caravana. Els dits els relliscaven de les guies del sostre. No podrien aguantar gaire més. La força de la riuada les atreia voraçment sota els seus peus.

—Nahara, tu i la Laura vau relliscar alhora de la caravana —es defensà la Isabel, angoixada—. El teu pare estava ajudant una persona a pujar-hi. Jo no podia agafar-vos a totes dues. Era impossible. Vaig haver de triar.

Perdia força als dits. Veia com la seva mare donava la mà a la Laura. La preferia a ella. El seu cor es feia miques. No podia aguantar més. Els seus dits es deixaven anar i l'aigua la submergia.

—Primer va ser la Laura, sí, però la meva intenció era agafar-te després a tu. Us estimava a totes dues igual.

—Mentidera! A mi no em vas agafar perquè no m'estimaves! —bramà la Nahara amb totes les seves forces—. Sabies perfectament que l'aigua se m'emportaria i que em moriria.

—Nahara, és una situació horrible per a una mare. Haver de triar entre un dels seus fills... Però vau relliscar totes dues alhora. Una havia de ser la primera.

—Si hagués estat el pare, ell ens hauria salvat a totes dues, però tu no. Tu t'estimaves més la Laura i vas preferir-la a ella.

—Nahara, t'estimo igual que estimava la Laura.

—Mentidera de merda! —va encendre's un altre

cop—. Una mare no deixa morir la seva filla. Per a tu, estic morta!

—Com pots dir aquestes coses? —balbucejà la Isabel, trasbalsada.

—I també vas deixar morir la Laura després.

—La Laura va relliscar un altre cop sense que jo me n'adonés. Ja va ser prou dur i difícil per a mi.

La veu de la Isabel arrossegava el dolor d'una realitat crua i trista.

—Ets la pitjor persona que existeix al món!

La Nahara es va reincorporar del tot. Tenia la cara vermella i els ulls li espurnejaven.

La Isabel contemplava horroritzada com la seva filla li aixecava el puny. Malauradament, aquesta escena ja era habitual.

—Nahara, controla't.

—N'estic farta, de tu —va sentenciar lentament—. Estic farta que sempre et sembli malament tot el que faig, que em tinguis tan amargada, que no em deixis fer res.

La Isabel no podia controlar el tremolor dels seus llavis. El pànic li recorria les venes.

—Tranquil·litza't. No saps el que dius!

—Sé perfectament el que dic!

No semblava ella. Mai no l'havia vista amb aquell rostre enfurismat i aquells ulls injectats de sang. Continuava mantenint el puny alçat.

—Llegeix-me els llavis: desapareix de la meva vida!

La Isabel va recuperar el poc valor que li quedava i li va donar una bufetada ben contundent.

—Estàs tan impertinent que no t'ho puc consentir!

La Nahara va girar la cara posant-se la mà a la galta. A poc a poc anà descobrint una mirada candent que es va clavar en els ulls de la Isabel. Al rostre envermellit se li marcava una vena del front que bategava amb fúria i dels ulls li sortien espurnes elèctriques.

—Com t'atreveixes a pegar-me? —I li va clavar una empenta que va impel·lir-la a l'armari.

—Nahara, ja n'hi ha prou, me'n vaig fins que estiguis més tranquil·la.

La seva filla estava fora de si. S'estava convertint en un dimoni.

—Tu no te n'aniràs d'aquí fins que no t'hagi dit un parell de coses.

El pànic es dibuixava en el rostre tremolós de la Isabel. Es trobava totalment immobilitzada i acorralada per la seva pròpia filla.

—No em tornis a dir el que m'he de posar, el que he de menjar o el que he de fer! M'entens? —li cridà a cau d'orella.

La Isabel es va arraconar a la cantonada que feia l'armari amb la paret. Tot el seu cos tremolava.

—Mira com t'amagues, covarda! —va provocar-la—. Dóna la cara!

La Nahara va estirar-li els cabells.

—Deixa'm tranquil·la, filla —va suplicar-li entre crits de dolor.

—Ah! Ara em demanes que et deixi tranquil·la? Però tu no m'has deixat tranquil·la durant tots aquests anys! Sempre dient-me el que he de fer...

—Sóc la teva mare... —va dir amb una veu esmorteïda.

—Deixa de dir que ets la meva mare!

El primer cop de puny va ser el més dolorós. No pel mal que li va fer, sinó pel fort impacte emocional.

A partir d'aquí, la Nahara va descarregar la seva fúria amb una sèrie brutal i despietada de cops. La Isabel va haver-se de protegir el cap amb els braços mentre li suplicava que parés.

Rebia cops pertot arreu. Ja no sentia dolor, sentia que tenia l'esperit destrossat per la tristesa i la desesperança.

Quan va deixar de rebre cops, va buscar la porta i va sortir arrossegant-se cap a la seva habitació, amb els llavis sagnants i els braços tremolosos.

La Nahara l'observava neguitosa. Moltes vegades havia tingut ganes de pegar-la, però aquesta havia estat la primera que ho havia fet. Però ara, després de desfogar-se, tampoc no se sentia millor.

Va caminar d'una banda a l'altra de l'habitació, tot mossegant-se la mà perquè no sabia què fer.

Necessitava parlar amb algú. La Sílvia, potser. Però... què li diria? Que li havia clavat una pallissa a la seva mare?

No, la Sílvia no era una bona idea.

No sabia quina hora era. Va mirar el mòbil. En veure la pantalla, se li va glaçar la sang. La persona que li havia trucat amb identitat oculta encara no havia penjat. Això volia dir que havia sentit la discussió amb la seva mare i tot el que havia vingut després...

Va agafar el mòbil nerviosa. No s'atrevia a dir res. Només va prémer el botó de penjar.

Per primera vegada, una por intensa i profunda l'envaí fins als ossos. Algú ho havia sentit tot.

Era obvi que no es tractava d'una equivocació. Potser podria haver pensat així la primera vegada, però quan després li havien trucat per segona i tercera vegades, era evident que es tractava d'algú que ho feia a consciència. La Pitó? Va sentir un calfred només de plantejar-s'ho.

Es va passar les mans pels cabells i va esbufegar. Tenia un cúmul de sensacions: por, incertesa, ràbia, indecisió, culpa... Culpa? Sentia realment culpa pel que havia fet?

No volia pensar-hi. Ara no.

Era hora de dormir. Sabia que no s'adormiria. Sempre havia tingut el son molt lleuger i, després de la tensió que havia passat, estava segura que no conciliaria el son fins ben entrada la matinada.

Es va estirar al llit i va mantenir la mirada fixa al sostre. Va fer un gran esforç per tancar els ulls i oblidar tot el que havia passat, però va ser-ne incapaç.

L'habitació de la mare era al costat de la seva. Podia sentir els seus gemecs desconsolats. Cadascun d'ells era un punyal que se li clavava directament al cor. Com havia pogut fer-ho? No volia pensar-hi. La seva mare volia amargar-la i no controlava els seus nervis. Ella havia provocat que es posés histèrica i la pegués.

Malgrat tot, sabia que no estava bé.

De matinada va aconseguir adormir-se. Va somniar que novament pegava la seva mare fins que començava a sagnar. Llavors arribava una ambulància i se l'enduia a l'hospital. I mentre l'acompanyava, li sonava el mòbil. Era una trucada amb identitat oculta i tot seguit la veu d'un policia li deia que havia d'anar al reformatori. I veia com la seva mare sagnava i sagnava. I el policia li preguntava si se'n penedia, del que havia fet, i ella no contestava. I la seva mare es moria...

Aleshores va obrir els ulls d'aquell malson.

15

S'havia proposat anar a les classes de la tarda. Estava desitjant veure l'Oriol. Havia passat tot el cap de setmana amb ell. Havien estat dos dies fantàstics i havia descobert que n'estava bojament enamorada.

En sortir de casa, va passar a buscar la Sílvia. La seva mare li va dir que ja havia marxat. Era força estrany que se n'hagués anat sense esperar-la, però com que no havia anat a classe al matí, potser no comptava amb ella a la tarda.

Quan va arribar als voltants de l'institut, va veure en Xavi.

—Ei Xavi! Espera'm!

En Xavi no sabia si esperar-la o no, però finalment ho va fer.

—Saps que al final sí? —li anuncià la Nahara.

—Al final sí què?

—Al final sí que surto amb l'Uri —anuncià, contenta.

En Xavi va escurar-se el coll.

—Avui l'has vist?

—Ara el veuré.

—Sí, millor que el vegis —concordà en Xavi amb una veu tètrica—. Bé, me n'he d'anar.

Va marxar corrents, sense dir res més.

L'havia trobat estrany, però no hi va donar cap importància. Tot caminant cap a l'entrada de l'institut, sentia que la gent l'observava i xiuxiuejava coses.

—És ella, la tia de quart que m'has dit?

—Sí, sí.

—Que fort!

Va passar pel costat de dues noies de segon que l'observaven descaradament. No volia parar atenció als rumors que poguessin córrer. Al capdavall, estava acostumada a ser motiu de comentaris de tot l'institut, però aquesta vegada tenia un mal pressentiment.

Va entrar a classe. Molts dels seus companys ja hi eren. Des del primer moment, va notar un ambient diferent.

Les converses van disminuir, però ningú no va anar a saludar-la. Això no li havia passat mai. L'evitaven. L'Ahmed li desviava la mirada, la Sílvia parlava amb altres companyes, en Marc jugava amb el mòbil i l'Oriol encara no havia arribat... Tan sols la Pitó i les Vironeres l'observaven amb una mirada desafiant.

Se sentia incòmoda.

Va dirigir-se a la seva cadira i va seure plegant-se de braços. Tot plegat li feia mala espina. Percebia que la gent s'havia assabentat d'alguna cosa que ella no sabia. Va mirar de reüll la Pitó. Ella havia trucat. Coneixent la tírria que es tenien, la Pitó podia ser molt perillosa amb el que havia sentit.

—*Good afternoon!*—va saludar la Neuròtica en entrar a l'aula.

La Sílvia va seure al seu costat. Tenia el semblant seriós. Només de veure-la, la Nahara endevinà que les coses no anaven bé.

—Sílvia, explica'm què passa.

La seva amiga no va dir res.

—Sílvia, sisplau.

—Ja parlarem —la tallà amb una veu esmolada.

La Neuròtica va començar a corregir els deures. L'Oriol va arribar tard, però ni tan sols va mirar-la quan va asseure's.

No n'entenia la raó, o potser no volia entendre-la. L'Oriol no.

—Tia, no pots deixar-me així —li implorà—. Explica-m'ho.

La Sílvia estava tensa. Volia parlar amb ella, però no era el moment.

—T'he dit que ja parlarem.

La Nahara no va prestar atenció en tota la classe. Tenia la intuïció que tothom se n'havia assabentat. Observava desesperadament l'Oriol. Ell era conscient que l'observava, però va ignorar-la.

—Nahara, que et passa res? —li preguntà la Neuròtica.

—No, res.

—Doncs estigues atenta.

En acabar la classe, l'Oriol s'aixecà i se n'anà a fora amb els amics. Havia passat just pel seu costat i ni tan sols l'havia mirada.

No podia suportar més aquella situació. La seva vida s'havia capgirat de cop i volta. No sabia quina informació podia tenir la gent, però la versió havia de ser molt forta perquè ningú no li dirigís la paraula.

No podia ser cap altra que la Pitó. N'estava convençuda. Aquesta noia era tan manipuladora i maquiavèl·lica que devia haver explicat el que havia sentit a tothom. Havia de parlar amb ella. Podia deixar-la com una mentidera davant de tothom. Dies abans havia demostrat en la baralla que tenia el suport dels companys.

La Pitó murmurava amb les Vironeres en el moment en què la Nahara s'hi va plantar al davant.

—Ets la pesta —la insultà.

La Pitó va mantenir la calma mentre li clavava una mirada de ferro.

—Crec que ara mateix ho ets tu —contestà amb la seva habitual tranquil·litat.

La Nahara no va abaixar la guàrdia. Les Vironeres l'examinaven com si la volguessin executar, però va mantenir el cap ben dret, ferma i segura.

—Et diverteixes fent trucades anònimes a la gent? No tens res millor a fer?

—Què dius? Jo no faig aquestes coses.

La Pitó tenia un somriure provocador i perillós als llavis. No l'havia sorprès l'acusació de les trucades. Sabia més del que deia.

La Nahara respirava fortament i se li encenien els ulls en veure-la tan tranquil·la. Va tancar els punys.

—Saps perfectament de què parlo. Estic farta de les teves trucades. Ets una rancorosa de merda.

—No sé què dius —assegurà, gaudint de la situació.

La Nahara odiava la seva tranquil·litat. Premia els punys mentre intentava contenir-se.

—Tot el que has dit és mentida. Confessa-ho.

—Jo no he dit res! —li deixà ben clar.

La Nahara no podia més. Havia intentat conservar la calma tant de temps com havia pogut, però va trencar les amarres del seu autocontrol. Va agafar-la pel coll amb una mà.

Tots van contemplar l'escena. L'Oriol i els seus amics també hi eren.

Els ulls de totes dues van trobar-se a un pam de distància.

—Què em faràs? Em clavaràs una pallissa com li vas clavar a la teva mare ahir? —va dir la Pitó.

La Nahara volia ofegar-la. La tenia agafada pel coll amb una mà, només calia fer més pressió. Tothom l'observava.

—Ets una mentidera fastigosa —la culpà—. Ja no saps què més inventar-te.

—Nahara, deixa-la anar —li manà l'Oriol.

La seva veu la va paralitzar. A poc a poc va deixar de fer pressió, fins que va apartar la mà del coll.

Els companys la miraven amb una expressió condemnatòria. L'Oriol no podia amagar la profunda decepció dels seus ulls.

—Com us podeu creure el que diu aquesta mentidera?

La Nahara s'adreçava als seus aliats: l'Ahmed, la Sílvia... i l'Oriol. Les seves paraules eren convincents; de fet, ella mateixa se les creia.

—L'únic que vol és fer-me la vida impossible. No sé d'on treu aquestes coses.

Un combat desigual: la Nahara contra el silenci de tothom.

—Ella no ha dit res. He estat jo, qui ha parlat —declarà en Marc.

La Nahara se'l va mirar amb desconcert.

—Tu?

—Jo era qui et trucava amb identitat oculta. Ho feia

perquè m'agradava sentir la teva veu —reconegué—. I vaig sentir tota la discussió amb la teva mare i la pallissa de després.

Parlava amb una veu greu i distant.

—Ets un paranoic mental. Com vols que et facin cas si ets un pervertit?

La Nahara es va adreçar novament als seus companys.

—Us prometo que són imaginacions seves —assegurà—. Aquest tio és un malalt.

—No prometis tant —l'advertí l'Ahmed amb fermesa.

—Ahmed, sisplau. M'has de creure. Dic la veritat.

—Nahara, no sabia que podies caure tan baix —li confessà la Sílvia.

Li queia el món a sobre en comprovar que la Sílvia, la seva millor amiga, també s'hi havia posat en contra. Es trobava acorralada per tothom.

—Sílvia, tu també? Tu no, sisplau. Saps que mai se m'acudiria fer-li res a la meva mare.

—Ho estàs empitjorant, Nahara. Ho vaig gravar tot des del mòbil —declarà en Marc.

Tot seguit, va posar un fragment de la gravació.

—Mira com t'amagues, covarda! Dóna la cara!

—Deixa'm tranquil·la, filla.

—Ah! Ara em demanes que et deixi tranquil·la jo? Però tu no m'has deixat tranquil·la durant tots aquests anys! Sempre dient-me el que he de fer...

—Sóc la teva mare...

—Deixa de dir que ets la meva mare!

A continuació se sentia el primer cop de puny i les súpliques de la dona.

Tothom a classe havia sentit la gravació. A cada cop de

puny, tancaven els ulls amb força, com si fossin ells qui rebien els cops. La Nahara gairebé no s'hi reconeixia, s'horroritzava d'ella mateixa.

Les mirades de decepció i repulsió dels seus companys van travessar-la com milers d'agulles. No la miraven com a una persona, sinó com a un monstre.

La Nahara no va mostrar cap indici de debilitat. Era obvi que tenia tota la classe en contra, però va sortir de l'aula amb el cap ben alt. Es considerava una noia forta i no podia ensorrar-se davant de tothom.

Es va topar amb l'Esther i la Montse al passadís.

—Hola.

—A mi no em tornis a parlar —li recriminà l'Esther—. Després del que has fet...

—T'has passat molt —continuà la Montse, seriosa—. No vull amigues com tu.

La Nahara va assentir, inexpressiva. Després del que havia passat, no la sorprenia res. Mantenia una falsa serenitat, però tenia ganes de cridar. Havia de sortir de l'institut com més aviat millor.

En entrar a casa, carregava un fort sentiment de culpa. Havia estat tota la tarda passejant sola. La reacció dels seus companys havia estat determinant. Ells li havien fet veure que havia comès una barbaritat.

La seva mare era a la cuina. No es veia amb cor d'obrir la porta. No volia ni pensar en com la trobaria. Devia tenir blaus per tota la cara i l'ànim destrossat.

Es va quedar una estona davant la porta. La seva mà va acariciar el pom, però no va entrar.

La Isabel va sortir al cap de pocs minuts. Mare i filla van trobar-se al llindar de la porta. La Nahara va contemplar amb horror les conseqüències de la seva agressió. La seva mare tenia un blau a l'ull i una ferida al front. Mostrava un rostre pàl·lid i demacrat. Els solcs de la pell se li havien fet més profunds. Els cabells, recollits amb una pinça, s'havien tornat esquerdissos. El pitjor de tot, però, és que tenia una mirada morta, inerta.

S'havia quedat paralitzada. De cop i volta, s'havia tret la bena dels ulls i podia veure la realitat tal com era. Fins ara, havia vist la seva mare com una enemiga, ara la veia com una víctima dels seus atacs ferotges.

Es considerava indigna de mirar-la als ulls.

Va refugiar-se a l'habitació. Era conscient de tot el mal que li havia causat, però no tenia el valor necessari per demanar-li perdó. Ara era ella la covarda.

Va començar a plorar al llit. El coixí va recollir totes les llàgrimes que vessava, les llàgrimes d'un monstre horrible.

La Isabel deixà el sopar a taula abans d'anar-se'n a dormir. La Nahara va sortir de l'habitació passada la mitjanit. El sopar ja era fred.

Va sortir al balcó. Una brisa gèlida va recordar-li que només duia el pijama. Va acostar-se a la barana del balcó. El parc es veia fosc. Cada cop era més fosc; semblava que fins i tot els fanals havien perdut la seva llum. En aquell parc, temps enrere, havia enterrat una capsa que sempre havia volgut oblidar.

Va mirar avall uns segons. Vivien en un cinquè i no

podia veure el terra. La foscor feia que tot desaparegués. Ella també volia desaparèixer. Era un destorb.

Va acostar-se més a la barana.

Desaparèixer.

Va posar-se de puntetes.

De cop i volta, es va sorprendre del que estava pensant.

16

—Què tal?

La salutació de l'Oriol procurava ser amable, però sonava forçada. Tots dos s'havien assegut en un banc de l'institut. Era l'hora del pati. Aquell matí, l'Oriol li havia enviat un missatge en què li deia que volia parlar amb ella.

—Bé. I tu?

El noi va gratar-se els cabells mentre intentava trobar la manera de començar a parlar.

—Mira... No estic bé.

La Nahara va arrufar el nas.

—M'explico. El cap de setmana que he passat amb tu ha estat inoblidable, de debò.

La Nahara el mirava amb el blau mar dels seus ulls. No podia amagar un cert grau de neguit, un onatge inquiet i agitat al seu món interior.

—M'agrades...

—...però?

L'Oriol va respirar més fort. La dolçor dels seus ulls de color de mel va apaivagar el neguit de la Nahara.

—Et seré sincer. M'agrades, però el que vaig sentir a la gravació em va deixar fet pols. No m'ho esperava de tu, Nahara. He estat pensant-hi i... no vull sortir amb una noia que tracta així la seva mare.

La Nahara va transmetre una aparença de calma i tranquil·litat, però l'Oriol va poder llegir-li els ulls. La mar s'agitava violentament.

—Volia dir-t'ho en persona —va concloure.

La Nahara no estava sorpresa. Quan l'Oriol li havia dit de quedar, s'havia imaginat la pitjor notícia.

—Res més? —preguntà aixecant-se del banc, serena.

No li va implorar una segona oportunitat. No li va assegurar que canviaria. Era madura per assimilar la nova situació.

—Espero que canviïs d'actitud amb la teva mare —li expressà—. Si ets així amb ella, m'imagino que series igual amb mi.

L'Oriol va sospirar i va allunyar-se amb les mans a les butxaques.

La Nahara va quedar-se tota sola. A uns quants metres, va observar que la Pitó i les Vironeres estaven envoltades per la gent de la classe. En sentia les rialles. Veia les cares de felicitat de tothom. En Marc es dedicava a molestar-les, com abans feia amb ella. Ningú no la trobava a faltar?

Aviat va sonar el timbre que indicava l'hora de tornar a les classes. No volia anar-hi. No li venia de gust. Va dirigir-se al reixat de l'institut on hi havia el forat per escapar-se.

Tothom entrava a les classes i ella havia d'obrir-se pas perquè anava en direcció contrària. Va veure venir la Pitó, en Marc i l'Ahmed.

—Ui, perdona! —es disculpà la Pitó després d'empentar-la—. De vegades no controlo els meus impulsos. Bé, tu ja m'entens.

L'Ahmed i en Marc ni tan sols es van dignar a mirar-la.

—Adéu, diva! —se n'acomiadà amb un somriure.

Va continuar caminant seguida de l'Ahmed i en Marc.

—Ara tenim classe amb en Pep. Juguem a l'interruptor? —va proposar ella.

—Quina bona idea! —deia l'Ahmed.

—Pitó *for president*.

La Nahara se sentia enfonsada en la desgràcia. Volia anar-se'n. Els profes de guàrdia havien entrat a l'edifici. Ja no hi havia ningú al pati.

Va dirigir-se al reixat.

—Nahara, espera!

Es va girar. Coneixia aquella veu.

—Què vols?

Pretenia mostrar indiferència, però en el fons s'alegrava que la Sílvia li dirigís la paraula.

—On vas?

—Me'n vaig a casa.

La Sílvia la va aturar.

—Vull parlar amb tu. Crec que ja és hora.

—De debò, Sílvia, no estic d'humor. No em vinguis a fer la xerrada.

—Nahara, ets la meva amiga, d'acord? —expressà agafant-la pels braços—. T'estimo i m'importes. Si vull parlar amb tu és perquè em preocupes.

La Nahara va sospirar. Les seves pupil·les s'entelaven de llàgrimes. Havia plorat massa aquests dies, no volia plorar més.

—Sempre he estat al teu costat, en els moments bons i dolents. Sé que dir això sona molt cursi, però em tens per al que necessitis. Ara bé, m'has decebut molt. Tots aquests anys m'has fet creure que la teva mare t'amargava la vida. D'acord que sabia que exageraves, però ahir al matí, quan en Marc ens va posar la gravació, em vaig adonar que tot era a l'inrevés, que eres tu qui l'estaves amargant a ella. Com vas poder...?

—No ho sé —reconegué compungida—. Em vaig deixar emportar per la ràbia del moment. Sóc una imbècil.

Tenia la veu tremolosa. Els seus ulls vidriosos contenien un gran cabal de llàgrimes que no podia retenir més.

La Sílvia va adoptar la veu més suau i delicada que va poder.

—Li hauries de demanar perdó.

—No puc.

—Però, n'estàs penedida?

La Nahara no comprenia on volia arribar.

—Com?

—N'estàs penedida o no?

N'estava penedida? Al principi no havia volgut pensar-hi, havia buscat justificacions, però la reacció dels seus companys li havia fet adonar-se que s'estava enganyant. Ara, la turmentava un sentiment de culpa insuportable. És clar que n'estava, de penedida.

—Sí —afirmà.

—Doncs això és el més important. Digue-li com et sents i que et penedeixes del que vas fer. I sobretot sigues sincera.

—Com vols que ho faci? Ni tan sols puc mirar-la a la cara.

—Ella t'ho agrairà, Nahara.

—I de què em servirà? —va rebatre—. Ja no hi ha marxa enrere en tot el que he fet.

Una tímida llàgrima li lliscava per la galta.

—No pots canviar el passat, però pots millorar el present. És el moment que li deixis de guardar rancor per tot el que va passar al càmping. No siguis injusta. Saps perfectament que ella us estimava a totes dues igual. De debò creus que s'estimava més la Laura?

La Nahara va tancar els ulls mentre negava amb el cap. Una segona llàgrima li va recórrer la galta.

La Sílvia li va eixugar les llàgrimes amb un dit.

—Pensa com us sentireu totes dues després de parlar —l'encoratjà—. Has de ser valenta.

—No ho sé —expressà amb un sospir.

La Sílvia es va quedar en silenci. Li estrenyia les mans amb fermesa.

—Entesos, ho intentaré —va prometre.

—I escolta'm bé —digué la Sílvia ben seriosa—: mai més.

La Nahara va reafirmar la seva resolució.

—Mai més.

Totes dues es van mirar amb un somriure i van abraçar-se enfortint els seus llaços d'amistat.

La Isabel havia arribat de la feina.

La Nahara l'esperava al menjador, asseguda al sofà. No havia deixat de pensar ni un moment per on podia començar.

—Mama, pots seure un moment? —li demanà.

La Isabel va seure amb recel. Encara se li veien les seqüeles de la pallissa al rostre. Tot i així, el dolor que patia físicament no era res comparat amb el dolor emocional.

La Nahara s'havia d'enfrontar als seus fantasmes interiors. Feia temps que no mantenia una conversa amb ella. Sempre havien estat crits i insults, paraules malsonants, amenaces..., però mai una conversa. Per aquest motiu, entre totes dues s'havia creat una esquerda cada vegada més gran que les havia separades fins al punt de convertir-se en estranyes.

Va agafar aire.

—Sincerament, no sé per on començar. Hi ha tantes coses que t'hauria de dir..., però crec que he de començar pel més important: ho sento.

Va empassar saliva. La Isabel restava en silenci, incapaç de reaccionar.

—Sento haver-te dit tantes barbaritats. Sento haver-te insultat. Sento haver-te pegat. No sé què em va passar, però no tinc cap justificació. He estat una mala filla i m'he comportat molt malament. Me n'avergonyeixo. Entendré que no em vulguis parlar mai més a la vida.

La Isabel s'havia quedat sense veu. Les llàgrimes li lliscaven pel rostre, llàgrimes que no eren de dolor o angoixa, sinó d'emoció. Feia anys que no plorava d'emoció. El seu rostre erm i castigat ara lluïa de vitalitat.

—Gràcies per la paciència que has tingut amb mi. Malgrat totes les coses que t'he pogut dir, sé que sempre m'has estimat i m'has cuidat. Has estat la millor mare del món.

La Isabel no podia assimilar tants canvis. Havien estat molts anys de patiment, de resignació i de pena interna; molts anys suportant una filla desobedient i maltractadora que no tenia en compte els seus sentiments.

—Sé que tu no vas tenir la culpa del que va passar al

càmping. El problema sóc jo. Estava rabiosa perquè el pare i la Laura se'n van anar. Els trobava a faltar i t'ho he fet pagar a tu.

La Isabel va assentir entre llàgrimes i la va agafar del braç.

—Tranquil·la, ja veuràs com ens en sortirem.

La Nahara va assentir i va callar un instant. Ara venia el moment més important... Necessitava fer aquest pas.

—Em perdones?

La Isabel tenia un nus a la gola. Va estendre els braços i totes dues van abraçar-se empeses per l'emoció durant tanta estona que van perdre la noció del temps. Per fi s'unia aquella esquerda que les havia separades durant tants anys.

La Nahara sabia que la reconciliació només era el primer pas per construir una bona relació entre mare i filla. Tot depenia de la seva actitud. El més difícil seria controlar el seu caràcter agressiu i respectar la seva mare en tot moment, sobretot quan no estigués d'acord amb ella. Volia tornar-li tots els anys que li havia robat.

—T'estimo —li digué fent-li un petó a la galta—. I et prometo que mai més et faré plorar de dolor.

Epíleg

Havia de fer una cosa molt important. Quan tenia set anys, havia enterrat una capsa de fusta al parc que hi havia davant de casa seva.

Havia arribat el moment de desenterrar-la.

De petita, havia dibuixat un mapa per recordar on era la capsa. El mapa estava fet amb la precisió d'una nena de set anys. Havia dibuixat un plànol del parc en un paper i havia assenyalat el recorregut fins a la capsa amb una fletxa. A més, havia cremat les cantonades del full amb un encenedor perquè semblés un mapa antic.

Va seguir les indicacions del mapa.

Primer, la caseta del jardiner. L'havia dibuixada amb una porta, dues finestres, cortines i flors, encara que només era un magatzem amb una porta metàl·lica.

El següent lloc era l'arbre presó. Al mapa, hi havia dibuixat una presó amb barrots de ferro perquè, de petita, aquell arbre feia de presó quan jugava amb la Laura i els altres nens del barri.

Finalment, va arribar al cotxe hamburguesa, el monument que havien dissenyat uns alumnes d'arquitectura.

El mapa assenyalava la creu justament allà. De fet, no hauria necessitat el mapa per recordar-se del lloc on havia enterrat la capsa, però li feia il·lusió seguir les pistes que ella mateixa havia deixat.

Portava una pala.

Va començar a cavar. Recordava el contingut de la capsa mentre un estat d'excitació se li expandia pel cos. Va cavar durant mitja hora a una profunditat considerable. En realitat, trobar el punt exacte era difícil, perquè la creu del mapa ocupava tot el cotxe hamburguesa. Va haver de fer diversos forats per trobar-la. Recordava que l'havia enterrat a molta profunditat, així que va trigar força a cavar cadascun dels forats que va haver de fer.

Finalment, la pala va topar amb una cosa dura. Va continuar cavant amb més compte mentre se li acceleraven els batecs del cor. La terra va descobrir, finalment, la seva capsa de fusta. La Nahara va acabar de desenterrar-la amb les mans i va obrir-la, impacient.

Un somriure se li va dibuixar als llavis. Contemplava un tresor de valor incalculable.

Va agafar el que hi havia a dins: l'altra meitat de la fotografia estripada. Tenia a les mans la meitat de la fotografia, en què apareixien la seva mare i ella.

La Nahara l'havia enterrada just després de la catàstrofe. Per a ella, la seva mare havia mort i ja aleshores començava a evidenciar un ressentiment cap a ella que havia durat vuit anys fins a aquell precís moment.

A la fotografia, totes dues somreien. A ella li faltaven unes quantes dents, però es mostrava feliç i sense complexos amb un barret de palla. Portava a les mans un ram de margarides. No recordava aquest detall, però de petita li encantaven. Eren les seves flors preferides.

Aleshores va entendre per què la mare sempre tenia margarides a casa. Sabia que li agradaven. Havia estat una manera de mostrar-li el seu afecte en silenci.

A la fotografia, la seva mare també somreia. Tenia una rosa groga als cabells. També va recordar que ella adorava totes les roses, sobretot les grogues.

La Isabel va arribar de la feina. No hi havia ningú.

De seguida va veure el gerro del menjador amb margarides i roses grogues, totes barrejades.

Va somriure.

Les margarides miraven amunt, contentes i alegres. Estava convençuda que eren les mateixes margarides que dies enrere s'havien encorbat.

Sense saber-se'n avenir, va agafar un gerro més petit i va ficar-hi unes quantes flors. Després el va portar a l'habitació de la Nahara i el va deixar a l'escriptori. Abans de sortir, va fixar-se que la seva filla havia tret totes les fotografies que tenia enganxades a l'armari i n'havia posat només una: la fotografia de la família sencera al càmping.

Era l'última fotografia que s'havien fet tots quatre abans de la catàstrofe. Vuit anys enrere, la Nahara l'havia estripada per la meitat. Ara, una cinta adhesiva unia la família novament en el record.

No hi havia dia en què la Nahara no es recordés del seu pare i la seva germana. Per això els contemplava sovint en aquella fotografia, per tenir-los ben presents, malgrat que els havia perdut vuit anys enrere i sabia que no els tornaria a recuperar. També havia perdut la seva mare en aquella catàstrofe, però vuit anys després, a ella sí que l'havia pogut recuperar.

La inundació del càmping està basada en una tragèdia real que va tenir lloc a Biescas, a Osca, el 7 d'agost de 1996. Aquell dia van morir vuitanta set persones quan una gran riuada va negar tot el càmping. L'enclavament estava situat prop de la llera d'un torrent fluvial, el barranc d'Aràs. Aquell dia, les pluges intenses van provocar el desbordament del torrent i va produir-se una gran onada de fang, pedres i arbres que va arrasar el càmping. Molts dels supervivents van perdre familiars i amics que posteriorment van aparèixer entre el fang. Aquest succés va ser un dels pitjors desastres naturals del segle XX *i va servir d'antecedent perquè es revisessin seriosament les mesures de seguretat en aquests espais.*